Oliver Reps

Der Tag, der nie kommt

Oliver Reps

Der TAG der NIE KOMMT

Roman

Aus dem Niederländischen
von Ulrich Faure

360 grad

Verlag, Autor und Übersetzer danken
der Niederländischen Kulturstiftung
für die Förderung der Übersetzung sehr herzlich.

Nederlands
letterenfonds
dutch foundation
for literature

Das Buch wurde in den Niederlanden 2019 als
»Bestes Jugendbuch« ausgezeichnet.

MIX
Papier aus verantwortungsvollen Quellen
FSC® C084279
FSC
www.fsc.org

Lindenstraße 23, D-69181 Leimen
www.360grad-verlag.de
www.facebook.de/360GradVerlag
www.instagram.com/360gradverlag_bestbooks

Das Original erschien in niederländischer Sprache mit dem Titel
»De dag die nooit komt« bei
Uitgeverij De Harmonie, Amsterdam, 2018

Für die deutsche Ausgabe vom Autor bearbeiteter Text.
Cover: Ria Raven
Satz und Herstellung: Helmut Schaffer, Hofheim a. Ts.
Gesamtherstellung und Druck: Print Consult, München
Gedruckt in Europa

1. Auflage 2022

ISBN 978-3-96185-779-1

2 4 5 3 1

Für meinen Vater

Die Rote oder die Blaue?

»Die Rote natürlich.«

»Warum die Rote?«

»Weil es keine Wahl gibt.«

»Wieso keine Wahl? Du kannst doch die Blaue nehmen?«

»Das ist keine Wahl. Keine wirkliche.«

Wir guckten uns den ersten Teil von *The Matrix* an, den Science-Fiction-Film mit Keanu Reeves, Polly und ich, im Juli vergangenen Jahres, in meinem Zimmer, auf meinem Bett, mit Kissen im Rücken an der Wand.

Sie hatte den Film noch nie gesehen, ich bestimmt schon vier oder fünf Mal.

Keanu sitzt am Computer, an einem Schreibtisch in einem riesigen Großraumbüro, und überall um ihn herum sind Menschen, und alles ist grau. Doch dann stellt sich heraus, dass nichts davon stimmt, weil alles gefakt ist, es gibt überhaupt kein Großraumbüro, und auch all diese Menschen existieren nicht, weil alles, was Keanu sieht, hört, fühlt, riecht und schmeckt, nur eine Illusion ist. Ein Traum. Programmiert von den Maschinen in seinem Kopf. Denn irgendwann einmal hat es einen Krieg zwischen Menschen und Maschinen gegeben, und die Maschinen hatten gewonnen, woraufhin die Menschen in Kokons gesteckt und in Schlaf versetzt wurden. In ein Koma. Tausende und Abertausende von schleimigen Kokons nebeneinander, übereinander, in riesigen Fabrikhallen, in endlosen Reihen, der reinste Horror, eine regelrechte Hölle. Und in einem dieser Kokons ist Keanu, und während er von seinem Großraumbüro träumt, saugen sie ihn wie Vampire aus, zapfen sie ihm mit kleinen Schläuchen wie umgekehrte Nabelschnüre all seine Energie aus dem Körper.

Doch eines Tages wird Keanu von einer Gruppe Rebellen, so was wie die letzten freien Menschen auf der Erde, aus seinem Kokon befreit, weil sie glauben, er sei der Auserwählte. Der, der die Menschheit von den bösartigen Maschinen befreien kann, wie ein uraltes Orakel einst prophezeit hat. Sie nehmen ihn mit auf ihre Widerstandsbasis, ein Raumschiff, das tief in der Erde steckt, und wecken ihn dort aus seinem Schlaf und seinem Traum. Sie erzählen ihm von dem verlorenen Krieg, den Maschinen, den Kokons, den Träumen und allem anderen und lassen ihn zwischen zwei Pillen wie Aspirintabletten wählen, einer roten und einer blauen. Wenn er die rote nimmt, wird er einer der Rebellen und kämpft gegen die Maschinen. Nimmt er aber die blaue, kehrt er in seinen Traum zurück, und alles wird wieder, wie es war, als wäre nichts geschehen.

Und da fragte mich Polly, welche Pille ich nehmen würde. Die rote natürlich, sagte ich. Nicht, weil ich unbedingt ein Held sein will, ganz im Gegenteil, dafür bin ich auch überhaupt nicht der Typ. Ich würde die rote wählen, weil es keine Alternative gibt. Denn Blau bedeutet ein Leben an einem grauen Schreibtisch, an einem grauen Computer in einem grauen Großraumbüro, und alles ist besser als das.

»Verstehst du?«

Polly verstand es.

Aber ich war noch nicht fertig und sagte, dass ich es seltsam fände, dass die Maschinen keinen Traum programmiert hatten, der es wert war, geträumt zu werden. Ein Als-ob-Leben, das aber trotzdem was zu bieten hätte.

»Warum ein Großraumbüro? Warum alles so grau?«

Wenn sie in der Lage sind, sich Großraumbüros auszudenken, dann hätten sie sich auch was Besseres einfallen lassen können, dann hätte Keanu sicher die blaue Pille genommen und wäre mit Vergnügen in seinen Traum zurückgekehrt, und schon hätten die Rebellen keine Chance gehabt. Ich sagte, dass es eher danach aussähe, als hätten die Maschinen ihre Widersacher absichtlich zum Leben erweckt. Vielleicht aus Langeweile, um überhaupt noch irgendetwas zu tun zu haben. Genauso wie Gott den Teufel erschaffen hat, zur Abwechslung, um noch ein bisschen Farbe in sein Dasein zu bringen, das hatte Henry gesagt, als wir uns einmal darüber unterhielten. Denn nichts ist so tödlich wie Langeweile, und die meisten Kriege, meinte Henry, würden aus purer Langeweile begonnen.

Wie auch immer.

Ich sagte Polly, dass sie es genau umgedreht hätten machen müssen. Dass sie einen Film hätten drehen sollen über einen Mann, der das Böse bekämpft, einen Psychopathen, ein tödliches Virus, eine Naturkatastrophe oder so was. Einen Helden wider Willen. Und dann zusammen mit Scarlett Johansson.

»Scarlett Johansson? Warum Scarlett Johansson?«

»Emma Watson vielleicht?«

Also der Mann und Scarlett oder Emma besiegen das Böse und verlieben sich schließlich, wie es eben so passiert, aber dann stellt sich heraus, dass alles fake und bloß ein Traum gewesen ist. Denn es gibt nichts Böses zu bekämpfen, und es gibt auch keine Scarlett oder Emma, und der Mann ist kein Held, denn er liegt einfach nur in einem Bett, in einem Zimmer, in einem Krankenhaus, im Koma. Mit einer ganzen Batterie summender, piepsender, blinkender Apparate um ihn herum, die seine Atmung, seinen Herzschlag, seinen Blutdruck, seine Hirntätigkeit und was weiß ich noch alles messen, und Ärzte in weißen Kitteln gehen rein und raus.

Dann sieht man ihn in einer Rückblende auf der Dachkante eines Gebäudes mit zehn oder mehr Stockwerken stehen. Immer wieder verlagert er sein Gewicht vom linken aufs rechte Bein, er schaut nach unten, zu den vorbeifahrenden Autos, zu den Leuten auf dem Bürgersteig. Er hat Angst. Was soll er tun? Er sieht sich selbst am Schreibtisch in diesem riesigen Großraumbüro einer Versicherungsgesellschaft sitzen. Ohne Ende tippt er Zahlen in den Computer, jeden Tag achteinhalb Stunden lang und jeden Tag wieder aufs Neue, und er fragt sich, wie um Himmels willen er ausgerechnet da gelandet ist. Seine Frau ist fürchterlich, und seine beiden Kinder sind völlig von der Rolle und hassen ihn, sein Leben ist die reinste Hölle, und alles, wovon er einst geträumt hat, ist schiefgegangen. Deshalb springt er, und eigentlich müsste er mausetot sein, aber wie durch ein Wunder überlebt er den Sturz und wird in rasendem Tempo mit Blaulicht und Sirenen ins Krankenhaus gefahren.

Da liegt er nun schwer verletzt im Bett, im künstlichen Koma, damit sein Kopf und sein Körper zur Ruhe kommen. Wochen, vielleicht auch Monate vergehen, und während sich sein Körper langsam erholt, kämpft er in Gedanken mit Scarlett oder Emma gegen das Böse, auf seinem Gesicht ist ein seltsam beseelter Glücksausdruck zu erkennen, und die Ärzte rätseln, warum er denn so zufrieden dreinschaut. Dann kommt der Tag, an dem sie ihn aus dem Koma holen wollen, der Tag, auf den die Ärzte die ganze Zeit hingearbeitet haben, und sie stehen alle um das Bett herum, auch seine Frau und seine Kinder sind da. Und du sitzt im

Kino und siehst eine Nahaufnahme von seinem Gesicht, seine Augen sind noch geschlossen, aber gleich wird er sie aufschlagen, und das Einzige, woran du denken kannst, ist: Tut es nicht, lasst ihn schlafen, lasst ihn träumen, lasst ihn nie wieder aufwachen. Alles ist besser, als aufzuwachen.

Aber sie tun es trotzdem, denn sie haben keine Ahnung.

So etwas habe ich gesagt, als wir an diesem Nachmittag auf meinem Bett saßen und uns *The Matrix* anschauten.

»Du bist ziemlich irre, weißt du das?«, sagte Polly.

»Würdest du diesen Mann denn aus dem Koma holen?«

Sie wich meiner Frage aus und meinte, dass das vor allem eine hypothetische Frage sei, eher ein Gedankenexperiment als Realität, weil man sich seine Träume nicht aussuchen könne. Nicht nachts im Bett, und schon gar nicht, wenn man im Krankenhaus im Koma liegt.

»Vielleicht landest du tatsächlich in einem Albtraum, in einem Großraumbüro zum Beispiel, wie dieser Typ bei *The Matrix*.«

»Jetzt noch, ja«, erwiderte ich, »aber das wird sich ändern, denn sie wissen immer besser über dein Gehirn Bescheid, wie es funktioniert, wie man deine Gedanken, deine Gefühle, deine Träume mit Mikrochips im Kopf manipulieren kann. Der richtige Stromstoß an der richtigen Stelle, die passende chemische Reaktion im rechten Moment, es ist nur eine Frage der Zeit, und dann können sie es. Zehn Jahre, maximal zwanzig, dann kannst du dir deine Träume aussuchen.«

Polly sah mich nur noch kopfschüttelnd an.

»Stell dir vor, du könntest den Rest deines Lebens träumen«, fuhr ich fort, »und nimm mal an, dass dein Leben damit ein bisschen schöner würde, tätest du es dann auch?«

»Nein.«

»Warum nicht?«

»Da kannst du auch gleich tot sein.«

Polly war plötzlich ganz ernst geworden, aber irgendwie hatte ich das nicht mitgekriegt.

»Wieso?«, fragte ich. Denn wenn man weiter darüber nachdenkt, fällt einem kein Grund ein, es nicht zu tun. Und während ich so redete, sah ich, wie sich Pollys Gesichtsausdruck allmählich veränderte, plötzlich reagierte sie gereizt auf alles, was ich sagte, die anfängliche Leichtigkeit des Gesprächs war ganz und gar weg, und das wollte ich nicht, das hatte ich so nicht beabsichtigt. Es war ein schöner Nachmittag, wir saßen auf dem Bett und sahen uns einen klasse Film an, es war prima, und so sollte es auch bleiben.

»Sorry, ich hab mich da reingesteigert«, sagte ich, »aber ich frage mich solche Sachen manchmal.«

»Daran ist auch nichts auszusetzen«, antwortete sie frostig, »deine Frage ist sogar berechtigt, nur die Art und Weise, wie du darüber sprichst, geht mir auf den Keks. Als ob alles ein einziger großer Witz wäre, obwohl überhaupt nichts Lustiges dran ist. Im Gegenteil, ich finde es gruselig.«

»Ich auch«, sagte ich.

Und das stimmte, Polly hatte völlig recht, die Idee ist gruselig, unheimlich sogar. Aber mit Polly zu reden, war immer schön. Oft schien es überhaupt um nichts zu gehen, und doch ging es um alles.

Elias

Es ist Viertel vor eins in der Nacht, ich bin in Evis Zimmer und sitze auf ihrer Bettkante. Ich sehe, wie sie schläft, wie sie atmet, ganz leicht, ein und aus, die Decke bewegt sich im festen Rhythmus sanft auf und ab. Es ist beinahe Vollmond, die Vorhänge sind halb offen und der Raum ist in einen kalten silbernen Schimmer getaucht. Ich ziehe die Decke noch einmal richtig über mein Schwesterchen und streiche ihr eine Haarsträhne aus dem Gesicht. Alles fühlt sich wie ein schlechter Traum an, aus dem ich hoffentlich bald erwachen werde. Aber das wird nicht passieren, da bin ich mir ganz sicher, und wenn ich mir deshalb tausendmal in den Arm kneife.

Ich stehe auf und will aus dem Zimmer schleichen, aber an der Tür fällt mein Blick auf ein Foto von Polly und Evi, das mit Reißzwecken an einer Pinnwand zwischen vielen anderen Bildern befestigt ist. Vorsichtig mache ich es ab und halte es ins Mondlicht. Polly liegt in ihrem gelben Bikini bäuchlings auf dem Handtuch und sonnt sich in unserem Garten. Evi mit ihrem schwarzen Bikini hockt auf den Knien daneben und schmiert ihr den Rücken mit Sonnencreme ein. Im Gras liegt das Buch, das Polly liest und das sie tags zuvor in der Bibliothek ausgeliehen hat. Als sie es später am Tag aus hatte, gab sie es mir, es war nicht dick, an die hundert Seiten vielleicht, eigentlich eher eine lange Erzählung als ein Roman, und Polly las schnell. Viel schneller als ich, der auf Wörtern und Sätzen unendlich lange herumkauen und -schmecken kann.

»Das musst du lesen«, hatte Polly gesagt, wie sie öfter über Dinge sprach, die ich tun, sehen oder lesen müsste, wenn sie selbst davon begeistert war. So auch dieses Buch, dessen Titel ich vergessen habe, aber es handelt von einem Mann, der irgendwo in Amerika in einer trostlosen Gegend eine riesige eiserne Eisenbahnbrücke anstreicht. Ganz alleine, sein Leben lang, denn wenn er auf der einen Seite fertig ist, muss er auf der anderen Seite wieder von vorn anfangen. Und während er pinselt, blickt er über das Wasser und über das Land, er schaut auf die Berge in der Ferne, sieht, wie die Schiffe und Züge vorbeifahren, und inzwischen philosophiert er munter drauflos. Darüber, wie sich alles im Kreis dreht, wie sich alles wiederholt und sich nie wirklich etwas ändert. Ich weiß noch genau, wie Polly mich gebeten hat, ihr den Rücken einzucremen, aber Evi, die in der Nähe war, hatte es auch gehört.

»Lass mich das mal machen, das kann ich viel besser«, sagte sie.

Schnell grapschte sie mir die Sonnencreme vor der Nase weg, ging neben Polly in die Knie und begann, sie einzuschmieren. Da habe ich das Foto geschossen, ihr

Rücken glänzt noch immer von der noch nicht ganz verriebenen Creme.

Ich piekse das Foto wieder an die Pinnwand und schaue mich noch einmal nach Evi um, dann schleiche ich mich aus dem Zimmer und ziehe die Tür sacht hinter mir zu. Ich schaue bei meinen Eltern vorbei, auch sie schlafen, alles ist ruhig, alles ist, wie es sein soll. Ich weiß nicht genau, wie lange es noch dauern wird, nach meiner Schätzung mindestens noch ein paar Stunden.

Heute Nachmittag hatte ich M&M's für Evi mitgebracht, sie hatte auf der Couch gesessen und mich kaum angesehen, als ich ins Wohnzimmer kam, ihre Augen waren auf den Fernseher fixiert wie eigentlich immer. Sie sah einen Zeichentrickfilm mit Tom & Jerry, den mein Vater oder meine Mutter ihr angestellt hatte. Ich setzte mich neben sie und hielt ihr ein Schälchen M&M's unter die Nase.

»Für dich«, sagte ich.

Erst da schaute sie auf.

»Dein Lieblingszeug«, fuhr ich fort.

Sie schaute mit glasigem Blick auf die M&M's, die sie zunächst kaum zu interessieren schienen. Aber dann machte sie ein paar undeutliche Geräusche und begann, wie ein schlecht programmierter Roboter die bunten Schokoladenkugeln zusammenzugrapschen, und die meisten rollten auf die Couch und auf den Boden. Weil die Verbindungsstränge zwischen Evis Gehirn und ihren Armen und Händen nicht mehr so funktionieren, wie sie sollten. Genauso wie die zu ihren Beinen, ihren Füßen, dem ganzen Körper eigentlich, nichts funktioniert mehr. Ich hob die Kügelchen auf und steckte sie ihr in den Mund, eine nach der anderen, als ob ich ein kleines, krankes Vögelchen fütterte. Ich glaube, dass sie die M&M's lecker fand, aber sie rührte sie nicht mehr an, bis ich ihr das Schälchen wieder vor die Nase hielt.

»Nimm noch ein paar M&M's«, sagte ich.

Sie hatte sie längst vergessen.

Das war also heute Nachmittag, und jetzt ist es mitten in der Nacht, und ich bin wieder in meinem Zimmer und rauche eine Zigarette, es sind noch neun in meiner Packung, das sollte reichen, um über den Rest der Nacht zu kommen. Elliott Smith läuft, leise höre ich sein Gitarrengeklimper im Hintergrund, seine Stimme ist zerbrechlich wie Glas. Elliott war ein Singer-Songwriter, und ich war sofort hin und weg, als ich ihn zum ersten Mal im Soundtrack von *Good Will Hunting* hörte. Manchmal spiele ich seine Lieder auf der Gitarre, wie *Between The Bars* oder *Waltz #2*. Irgendwo habe ich mal gelesen, dass sie untersucht haben, wie alt jemand sein muss, um die Texte von Mainstream-Popsongs zu verstehen. Und nachdem sie Abertausende analysiert hatten, stellte sich heraus, dass das Alter jedes Jahr ein bisschen herunterging; die Schlussfolgerung lautete, dass die Texte immer simpler werden und dass wir in diesem Moment auf dem Niveau eines Sechs- oder Siebenjährigen angelangt sind. Und vielleicht ist das der Grund, warum Elliott es in den Charts nie weit gebracht hat, seine Lieder sind schlichtweg nicht simpel genug.

Wie auch immer, Elliott ist tot. 2003 hat er sich umgebracht. Und ich wäre auch gerne Singer-Songwriter geworden, ich habe sogar ein paar Nummern geschrieben; manchmal habe ich sie auf der Gitarre für Evi gespielt und dazu gesungen. Darüber musste sie dann vor allem laut lachen, sie sagte, dass ihr meine Lieder zwar gefielen, meine Stimme aber piepsig wie die einer Maus klinge. Und ich fürchte, sie hat damit recht. Meine Stimme klingt ganz normal, schätze ich mal, aber wenn ich singe, geht sie gleich eine ganze Oktave in die Höhe. Und wegen eines Unfalls fehlt mir die Spitze meines linken kleinen Fingers, das ist ein ziemliches Handicap, wenn man zum Beispiel Barré-Akkorde spielen will. Ich war noch keine anderthalb Jahre alt und bin über den Küchenfußboden gekrochen, während mein Vater mit dem Abendessen beschäftigt war, irgendetwas mit einem großen Stück Fleisch. Das Messer rutschte ihm genau in dem Augenblick aus den Händen, als ich an seinen Füßen lang krabbelte.

»Du kannst von Glück reden«, hat mir mal jemand gesagt, »genauso gut hätte die ganze Hand ab sein können.«

Oder der Arm.

Oder schlimmer.

Er hat recht, schlimmer kann's immer kommen.

*

Evi mit der Blockflöte zu Hause bei uns im Wohnzimmer vor sieben Jahren. Es ist einer der schönsten Filme, die ich von ihr aus der Zeit habe, als sie noch klein war. Meine Mutter sitzt auf dem Sofa und schaut zu, während mein Vater, der damals noch einen Schnurrbart trug, Evi eine Blockflöte in die Hand drückt. Er versucht, ihr zu erklären, wie man auf einem solchen Instrument spielt: mit den Fingern auf den Löchern und dann blasen. Aber Evi legt gleich los und bläst ihm direkt ins Ohr, so derb sie nur kann, mein Vater erschreckt sich zu Tode, und Evi lacht und streckt die Zunge raus.

In die Kamera.

Zu mir.

Ihr fehlen zwei Zähne, das sieht sehr lustig aus, sie war damals vielleicht fünf und ich neun oder zehn, und alles war noch gut.

Ein anderer Film, ungefähr sechs Jahre später, Evi mit Polly in ihrem Zimmer, auf dem Bett, mit einem Schminkkästchen auf dem Schoß. Sie malen sich gegenseitig an, alles ist todernst, und ich frage, ob wir vielleicht Karneval haben.

»Hau ab!«, knurrt Evi.

Weil ich doch nur im Weg stehe und blöde Witze mache. Evi hat knallrote Lippen, ihre Augen sind violett und die Wangen rosa, sie sieht aus wie ein Clown. Polly versucht, sich das Lachen zu verbeißen, aber das gelingt ihr nicht so ganz.

Dieser Film ist vom letzten Juni, vom Beginn des Sommers, und jetzt haben wir März, neun Monate später, und draußen ist es kalt. Ich schaue zum Mond am Himmel, zu den Bäumen auf der Straße, zu den Häusern auf der anderen Straßenseite. Alles ist ruhig, alle schlafen. Vielleicht wird es sogar noch schneien, das haben sie heute Nachmittag im Fernsehen gesagt.

»Dann können wir morgen eine Schneeballschlacht machen«, sagte ich Evi, das Schälchen mit den M&M's zwischen uns. Sie hat nicht reagiert, und es war auch egal, denn meine Bemerkung hatte sowieso keinen Sinn. Aber das war keine Absicht, es ist mir einfach so rausgerutscht, ich habe nicht darüber nachgedacht. Oft weiß ich nicht, was ich Evi sagen soll, und deshalb sage ich halt irgendwas.

*

Vor ein paar Jahren ist ein Mädchen von meiner Schule totgefahren worden. Es passierte im Herbst, Laura radelte gerade von der Schule nach Hause, als ein Lkw rechts abbog. Der Fahrer hat sie nicht gesehen, und am nächsten Tag war die Kreuzung, an der es geschehen war, ein einziges Blumenmeer. Jeden Tag wurden es mehr, ich habe auch Blumen hingelegt, spät am Abend, als es schon dunkel war. Ich bin bei der Beerdigung gewesen, obwohl ich Laura nicht mal kannte, nicht gut jedenfalls, aber ich wusste, wer sie war, denn sie war eine Klasse unter mir, und unsere Schule ist nicht groß. Es war schwarz vor Menschen, denn Laura war beliebt, und es wurde viel geweint. Von Weitem sah ich Lauras Familie um das Grab stehen, und ich konnte meinen Blick nicht von ihrer jüngeren Schwester abwenden, sie stand da wie ein Zombie und muss nun den Verlust ihrer großen Schwester für den Rest ihres Lebens mit sich herumtragen. Wie eine Narbe, die höchstens ein bisschen verblasst, aber nie ganz verschwindet. Einsam stand sie da, eingekeilt zwischen ihren Eltern.

»Es ist schrecklich, wenn so etwas passiert«, sagte Henry, als ich ihm das erzählte, »aber man muss weitermachen, denn man hat keine andere Wahl.«

»Ja«, sagte ich, »man muss weitermachen, denn man hat keine andere Wahl.« Wie ein Papagei, es war nicht einmal zynisch gemeint, und was hätte man sonst dazu sagen sollen? Weitermachen oder aufhören, das sind die beiden Optionen, die man hat, und aufhören funktioniert hauptsächlich theoretisch, und deshalb hatte Henry vollkommen recht. Wie so oft, eigentlich immer. Evi wollte mit zur Beerdigung gehen, obwohl sie Laura noch weniger kannte als ich. In Wahrheit kannte sie Laura überhaupt nicht, denn Evi ging auf eine andere Schule, ich habe es ihr ausgeredet, und im Nachhinein weiß ich nicht mehr so recht, warum, ich denke, ich hätte sie einfach mitnehmen sollen. Als ich am Mittag wieder nach Hause kam, musste ich ihr alles haarklein erzählen, denn sie wollte alles wissen. Ich erzählte ihr von der Predigt, der Schwester und wie Lauras Vater mitten in seiner Rede plötzlich ins Stocken kam, zu schluchzen anfing und seine Tränen nicht mehr zurückhalten konnte. Ich erzählte von Lauras Mutter, die ein Gedicht vortrug, und dass ihre beste Freundin ein Lied gesungen und sich selbst auf der Gitarre begleitet hatte. Ich berichtete von dem Holzsarg und den Blumen, die darum drapiert waren, und dass sie *Halo* von Beyoncé gespielt hatten, weil Beyoncé Lauras Lieblingssängerin und *Halo* ihr Lieblingslied gewesen ist. Als das Lied aus war, gab es eine lange Stille, in der man nur das Schluchzen der Menschen hörte. Evi lauschte aufmerksam auf alles, was ich sagte, und nickte ab und zu.

»Waren sie alle in Schwarz?«, fragte sie. Denn nach Evis Auffassung muss man schwarz gekleidet zu einer Beerdigung gehen, solche Dinge sieht sie ziemlich konventionell. Aber einige Leute hatten helle Sachen getragen, und ich weiß, dass es Kulturen gibt, in denen so was normal ist, wo ein Begräbnis eine merkwürdige Art Party ist, weil der Tote an einen besseren Ort geht. Davon verstand Evi auf jeden Fall nichts.

»Es ist doch keine Hochzeit«, sagte sie.

Ich hatte eine schwarze Hose an, ein weißes Hemd und ein schwarzes Jackett. Ich hatte ein paar Fotos gemacht und ein kurzes Video gedreht, das ich Evi zeigte, sie hatte extra darum gebeten, und ich hatte es ihr versprochen, aber das hätte ich besser nicht tun sollen, denn ich fühlte mich ekelhaft, als ich während der Beerdigung anfing, Fotos zu schießen. Mit erhobener Hand wie ein Möchtegern-Paparazzo, aber ich wollte Evi nicht enttäuschen, weil ich wusste, dass sie fest damit rechnete. Und ich war längst nicht der Einzige, der das tat, denn Handys wurden haufenweise hochgehalten, und ich schätze, dass Laura nie öfter gefilmt worden ist als damals, es war ein richtiges Spektakel, traurige *fifteen minutes of fame*, man kann das alles auf YouTube ansehen, weil es jemand online gestellt hat. Es ist krank.

»Was glaubst du, wo Laura jetzt ist?«, fragte Evi und kaute auf einem Gummibärchen herum, neben M&M's ihre Lieblingsnascherei. Früher.

»Wo Laura jetzt ist?«, wiederholte ich ihre Frage, um Zeit zu schinden, weil ich nicht so ohne Weiteres eine Antwort aus dem Ärmel schütteln konnte. Aber ich hätte so etwas erwarten müssen, denn Evi war damals in einer übergangsweisen Gothic-Phase und las Bücher von Edgar Allan Poe, die sie sich aus der Bibliothek holte. Eines Abends kam sie zum Abendessen herunter und war ganz in Schwarz gekleidet. Schwarzes

T-Shirt, schwarze Strickjacke, schwarze Hose, Socken und Schuhe, alles, ich wusste überhaupt nicht, dass sie so viel schwarze Sachen hatte. Sie hatte sogar ihre Haare schwarz gefärbt, obwohl sie von Natur blond ist, sie war damals gerade mal zehn. Wir sahen sie etwas befremdet an, und Evi tat so, als wäre alles ganz normal, als müsste alles genauso sein.

»Was guckt ihr so?«, fragte sie ziemlich erstaunt.

Später am Abend erklärte sie uns, dass es gar nicht mal so wäre, dass sie Schwarz plötzlich für eine so tolle Farbe hielt, sondern dass andere Farben etwas gegen sie zu haben schienen, sie wusste aber nicht, was. Schwarz steht Evi gut, es passt zu ihr, passt zu ihrem Aussehen und ihrem Charakter, es gibt ihr etwas Düsteres, aber auf eine fröhliche und nette Art. Und ein paar Monate später war diese Phase auch schon wieder vorbei. Doch wenn ich Evi eine Farbe zuordnen müsste, wäre es Schwarz. Polly ist türkis, und Evi ist schwarz.

»Du weißt nicht, wo Laura ist, oder?«, fragte Evi frotzelnd, als ich ihr nicht gleich antworten konnte. Und sie hatte recht, ich wusste es nicht, niemand weiß es.

Denn man kann nicht sagen, dass Laura im Himmel ist oder dass sie hier irgendwo auf der Erde herumläuft, in einem anderen Körper, als Mensch oder Tier. Dass man es hundertprozentig weiß, meine ich. Weil man allerhöchstens sagen kann: »Ich denke dies …« oder »Ich hoffe, dass …«, denn beweisen kann man es sowieso nicht. Genauso wenig, wie man beweisen kann, dass man nicht gerade in einem schleimigen Kokon gefangen sitzt und ausgesaugt wird, während man sein Leben nur träumt.

Ich sagte, dass ich Laura wünschte, irgendwo auf einer Wolke zu sitzen, zusammen mit anderen kleinen Engeln.

»Ja«, antwortete Evi lachend, »vielleicht sitzt sie wirklich auf einer Wolke und schaut uns zu, bei allem, was wir hier zusammenspinnen.«

Und warum auch nicht, vielleicht sind wir bald alle Engel? Oder Waldelfen oder Wassernymphen, wie Evi mal gesagt hat. Ich lasse mich überraschen, und Henry meint, man müsse sich vor nichts fürchten, denn die meisten unserer Ängste sind nichts weiter als Überbleibsel aus der Urzeit, als die Menschen noch in Höhlen lebten und die Welt ruppig und gefährlich war.

»Jetzt ist das nicht mehr nötig«, sagte er, »nur ist das in deinem Gehirn noch nicht angekommen, das hinkt den Tatsachen ungefähr zehntausend Jahre hinterher.«

Das Einzige, was man fürchten muss, ist Pech. So wie Laura es hatte, als der Lkw-Fahrer sie nicht gesehen hat, weil sie im toten Winkel fuhr. Oder Gregory, ein Junge aus meiner Klasse, der mit einem völlig entstellten Gesicht geboren ist. Bei ihm haut nichts hin, alles sitzt schief, seine Augen, seine Ohren, sein Mund, und er hat auch kaum eine Nase. Die Leute gehen ihm aus dem Weg, sie sehen ihn nicht gerne an, jedenfalls nicht aus der Nähe, ich auch nicht. Denn die Natur will, dass wir Jungs wie Gregory verabscheuen, dass wir sie isolieren und ausschließen, damit sie keine Freundin abkriegen und ihre falsche DNA nicht an die nächste Generation weitergeben können. Das hat man uns in Biologie beigebracht. Vererbung, Gene, die Evolutionstheorie, das Gesetz des Stärkeren, so was. Aber im Klassenzimmer klang das alles irgendwie theoretischer und netter. Niemand verdient ein Gesicht wie das von Gregory, keiner sollte auf der falschen Seite der Evolution stehen, und ich frage mich manchmal, was Gregory denkt, wenn er morgens beim Zähneputzen in den Spiegel schaut. Ich würde ausflippen, wenn ich ein Gesicht hätte wie er.

In *The Unbreakable* spielt Samuel L. Jackson einen Mann mit extrem schlechter Gesundheit, der außerdem noch an einer seltenen Krankheit leidet, weshalb seine Knochen beim geringsten Anlass brechen. Aber er hat eine Theorie. Wenn es Menschen mit einer so schlechten Gesundheit gibt, dann gibt es auch das Gegenteil, nämlich Samuels Spiegelbild, unterdurchschnittlich gegenüber überdurchschnittlich. Er sucht seinen Widerpart und findet ihn dann in Bruce Willis, einer Art physischem Übermenschen.

Laura, Gregory, Evi und Polly hatten Pech. Irgendwo auf dieser Erde laufen dafür vier Glückspilze herum. Als Kompensation. Damit der Durchschnitt stimmt.

*

Henry würde es sicher verstehen. Vielleicht nicht gleich, aber letztlich doch, denn er kennt mich gut genug, niemand kennt mich besser als Henry. Außer Evi vielleicht. Als es ihr noch gut ging. Henry ist Psychologe, so hat meine Mutter ihn jedenfalls genannt. Denn er ist gar kein Psychologe, er ist Psychiater, das habe ich auf seiner Karte gelesen. Henry Levit, Psychiater, stand darauf. Ich vermute, meine Mutter hat es absichtlich so gesagt, denn es klingt freundlicher, weil ein Psychiater für Verrückte da ist und ein Psychologe für alle, so was muss sie sich gedacht haben. Ursprünglich ist Henry Amerikaner, und er spricht mit einem amerikanischen Akzent. Vor etwa zwei Jahren hat ihn meine Mutter angerufen, weil ich in der Schule unglücklicherweise in eine Schlägerei verwickelt war. Es ging nicht einmal um was, ich stand nur in der Pause auf dem Schulhof, als drei Jungs an mir vorübergingen und einer von ihnen mich – angeblich aus Versehen – angerempelt hat.

»Oh ... Sorry. Ich habe dich nicht gesehen.«

Er hat gelacht, und seine Freunde haben auch gelacht, und ich habe ebenfalls gelacht. Das erste Mal. Aber beim zweiten Mal habe ich nicht mehr gelacht. Und beim dritten Mal habe ich dem größten der drei mitten ins Gesicht geschlagen, noch bevor er mich wieder anrempeln konnte, und wir kullerten über den Schulhof. Das brachte meine Mutter auf die Idee mit dem Psychologen. Nicht so sehr wegen dieser einen Klopperei, sondern wegen meiner Vergangenheit.

Weil ich mich schon öfter geprügelt hatte.

Früher.

Ich bin nicht aggressiv, aber wenn die Umstände danach sind, kann es bei mir schon mal aus dem Ruder laufen. Es kommt immer auf die Umstände an.

Henry also.

Jemand hatte ihn empfohlen, weil er gut mit pubertierenden Jungen umgehen könne. Zuerst wollte ich nicht und sträubte mich, aber schließlich bin ich doch hingegangen, vor allem, um meiner Mutter einen Gefallen zu tun, weil ich einsah, dass sie auch nur das Beste wollte. Und gegen meine eigenen Erwartungen hat es gleich gefunkt, und jetzt gehe ich fast jeden zweiten Donnerstagnachmittag zu ihm, es ist zu einer Routine geworden, auf die ich nicht mehr verzichten möchte. Er ist gut in seinem Job, glaube ich, und praktisch veranlagt obendrein. Es war seine Idee, einen Boxsack in der Garage aufzuhängen, das war schon gleich in der zweiten Sitzung.

»Da kannst du dich abreagieren, und wenn du dich dann trotzdem mit jemandem schlagen willst, haust du zumindest ein bisschen härter zu.«

Das war als Witz gemeint, sagte Henry zur Sicherheit dazu, um Missverständnisse zu vermeiden, denn er könne meinen Sinn für Humor noch nicht so richtig einschätzen.

Ich kaufte einen Boxsack, einen knallroten, »Muhammad Ali« stand in goldenen Schnörkelbuchstaben drauf.

»*The World's Greatest*«, sagte die Verkäuferin, als ich die achtundsiebzig Euro bezahlte. Sie fragte mich, ob ich wisse, wer Muhammad Ali sei, und ich antwortete, dass er früher Cassius Clay hieß; er habe an Parkinson gelitten und sei vor nicht allzu langer Zeit gestorben. Kürzlich hatte ich noch eine Dokumentation über ihn im Fernsehen gesehen, da stand er auf einer riesigen Bühne in einem riesigen Saal vor einem ausrastenden Publikum und murmelte ein paar unverständliche Sätze in ein Mikrofon, während sein ganzer Körper zitterte, als wenn es zwanzig Grad minus gewesen wären. Und abgesehen von dem Zwinkern in seinen Augen konnte man sich nur schwer vorstellen, dass dies der Mann von *Rumble in the Jungle* und *Float like a Butterfly, Sting like a Bee* war.

Ich hängte den Boxsack an einen Haken und fing an, auf ihn einzuschlagen und einzutreten. Es war fantastisch, und es funktionierte wie erhofft; ich bin ruhiger geworden. Henry meint, jeder sollte einen Boxsack in seiner Garage aufhängen, weil das viel Ärger vermeiden würde. Denn heruntergeschluckte Wut ist wie ein Ballon, den man in der Brust aufbläst, und der immer voller, größer und erdrückender wird, so hat es Henry beschrieben. Eine Zeitbombe, die irgendwann hochgeht. Denn was drin ist, muss wieder raus. Immer. Sagt Henry.

Ich bin ihm dankbar, sogar sehr dankbar, denn ohne Henry hätte ich Polly nie kennengelernt. Denn ich war damals wie eine verschlossene Tür, und Henry hat es geschafft, diese Tür einen Spalt weit zu öffnen, und für Polly war dieser Spalt gerade groß genug, um durchzuschlüpfen, glatt wie ein Aal, sie brauchte nicht viel Platz.

Aber manchmal frage ich mich, ob ich Polly nicht einfach nur in die richtige Richtung hätte weisen sollen, als sie mich nach dem Weg zum Supermarkt fragte.
Und dass ich selbst in die andere Richtung weitergelaufen wäre, wie ich es auch vorhatte. Dann hätte ich mich höchstens noch einmal nach ihr umgeschaut, einfach, weil sie so schrecklich gut aussah.

Eine sinnlose Frage, ich weiß, Zeitmaschinen gibt es nicht, es führt kein Weg zurück. Aber trotzdem schießt sie mir immer wieder durch den Kopf, zu allen möglichen Zeiten und in verschiedenen Varianten. Was wäre, wenn dies, was wäre, wenn das? Ein hypothetisches Gedankenspiel, eine endlose Quälerei, ich will das nicht mehr. Man sagt, dass der Flügelschlag eines einzigen Schmetterlings auf der anderen Seite der Welt einen Orkan auslösen kann. Es gibt zig Milliarden Schmetterlinge auf dieser Erde, ein Flügelschlag mehr oder weniger, und alles wäre anders gekommen. Vielleicht.

EVI

Ich weiß noch, wie mich meine Eltern aufforderten, mich zu ihnen auf die Couch zu setzen, sie hätten mir was zu sagen; ich war damals fast vier, und das ist nun auch schon wieder dreizehn Jahre her.

»Wie wäre es, wenn du ein Schwesterchen bekämst?«, fragte meine Mutter freudig. Mein Vater saß neben ihr und grinste über beide Ohren, und ich erinnere mich noch gut daran, dass ich einen Wutanfall bekam. Denn ich wollte kein Schwesterchen. Und ich wollte auch kein Brüderchen, ich wollte nur meine Eltern und sonst nichts und niemanden. Aber meine Mutter war schwanger, und ich wurde wütend, und eines Tages fing sie an, das Babyzimmer, das Zimmer neben meinem, zu streichen. Rosa. Mit ihrem dicken Bauch und einem Pinsel in der Hand, der Farbtopf stand auf einem Hocker, und ich guckte von der Tür aus zu.

»Magst du mir vielleicht helfen?«, fragte sie zuckersüß und hoffte, dass ich »ja« sagen würde. Aber ich habe »nein« gesagt. Oder auch nichts, das weiß ich nicht mehr. Ich erinnere mich aber noch genau, dass ich, als wäre nichts, durch den Raum schlenderte und dabei den Farbtopf umstieß, der ganze Teppich färbte sich rosa. Meine Mutter ist ziemlich explodiert, weil sie genau gesehen hatte, dass es alles andere als ein Versehen war.

Ich glaube, meine Eltern fingen an, sich richtig Sorgen zu machen, als ich drohte, meine Schwester aus dem Fenster zu schmeißen, wenn sie erst mal da wäre. Sie sprachen mit mir, ich stopfte mir demonstrativ die

Finger in die Ohren, und ich glaube, sie meinten, ich hätte Angst, dass mein neues Schwesterchen alle Aufmerksamkeit auf sich ziehen und man mich links liegen lassen würde. Kurz gesagt: dass ich eifersüchtig wäre. Vielleicht hatten sie recht, und mein Verhalten war wohl auch ein Ausdruck von Eifersucht, weil ich die kommende Familienkonstellation nicht so aus heiterem Himmel verkraften konnte, das ist gut möglich, Veränderungen waren noch nie meine Stärke. Aus meiner Klasse kannte ich natürlich Kinder mit jüngeren Brüdern oder Schwestern, die meisten hatten ein oder zwei, und wenn ich bei Freunden zu Hause spielte, war oft ein Geschwisterchen mit dabei. Aber mein Zorn flaute nicht ab, und meine Eltern reagierten darauf, indem sie mich verwöhnten, mein Vater zog oft mit mir los. Was Schönes machen. In den Zoo, auf den Spielplatz und einmal sogar auf den Jahrmarkt, obwohl er so was hasste wie die Pest. Ohne jeden Anlass bekam ich Geschenke, Autos waren damals mein Ein und Alles. Aber es half nichts, mein Zorn wurde eher größer als kleiner.

*

Evi kam, als niemand überhaupt nur daran dachte, fünf Wochen zu früh, vielleicht wollte sie einfach keine Zeit verlieren. Sie brachten sie sofort auf die Baby-Intensivstation des Krankenhauses, denn es waren Komplikationen aufgetreten, und nach den Berichten hinterher zu urteilen, war alles gerade noch um Haaresbreite gut gegangen, es hätte auch ganz böse ausgehen können. Das meiste davon habe ich nicht mitgekriegt, weil meine Eltern mich Hals über Kopf bei meinem Opa geparkt hatten, und erst eine Woche nach der Geburt durfte ich Evi zum ersten Mal anschauen. Oder besser gesagt, ich musste. Denn ich wollte nicht, kein Gedanke dran, ich wollte nicht einmal die Fotos sehen, die mir meine Eltern unter die Nase hielten. Wenn sie das taten, schaute ich trotzig in die andere Richtung. Aber es gab kein Entrinnen, und ich konnte mich sträuben, wie ich wollte, mein Vater schob mich buchstäblich durch die Drehtür ins Krankenhaus. Er zerrte mich an der Hand durch die Flure in einen Raum, in dem Evi mit zig anderen Babys lag, und da kniff ich meine Augen ganz fest zu. Später hat mir mein Vater erzählt, dass es ungefähr fünf Minuten dauerte, bis ich sie endlich öffnete.

Dann sah ich Evi zum ersten Mal in meinem Leben, sie lag auf dem Rücken, schlief auf einer Decke in einem Glasbecken, einer Art Aquarium, winzig klein, rot angelaufen, halbnackt und hilflos. Um sie herum standen allerlei Maschinen mit Bildschirmen, Knöpfen und Lämpchen, die in allen möglichen Farben blinkten. Ich sah Kabel und Schläuche, durch die eine gelbe Flüssigkeit tropfte, Evi atmete schnell wie eine Maus, als ob sie gerade noch genug Luft bekäme, um überleben zu können. Zuerst interessierte mich das alles herzlich wenig, und ich sah mich vor allem im Raum und nach den Maschinen um. Aber je länger ich da stand, desto öfter blieb mein Blick an Evi hängen, und so, wie sie dalag, konnte ich irgendwann meinen Kopf nicht mehr von ihr wegdrehen, als wäre mein Blick an ihr festgesaugt. Mein kleines Schwesterchen im Tiefschlaf, so wunderschön.

Ich erinnere mich, dass sie plötzlich, wie in einem Reflex, ihren Kopf zu mir drehte, als wüsste sie, dass ich sie ansah. Zweifelnd öffnete sie die Augen und schaute mich schläfrig an. Und ich weiß nicht mehr genau, was dann genau passierte, aber es war wie ein Blitz, der durch mich hindurch schoss, und ich hörte in meinem Kopf eine Art Knall wie bei einem Peitschenhieb, als ob irgendwo etwas zerspringen würde. Ich weiß nicht, was es war, vielleicht war es auch nichts, und vielleicht bilde ich mir das alles im Nachhinein nur ein. Aber all die Wut, die sich monatelang in mir aufgestaut hatte und die ich wie einen Felsblock mit mir herumschleppte, war wie Schnee in der Sonne geschmolzen. Implodiert oder was auch immer. Und ab diesem Moment war ich von meinem kleinen Schwesterchen nicht mehr wegzukriegen, und mein Vater musste mich förmlich aus dem Zimmer schieben, denn ich wollte dableiben, im Krankenhaus übernachten, am liebsten auf einer Matratze neben Evi. Am nächsten Tag stand ich wieder da und betrachtete meine Schwester fasziniert in ihrem Fischglas. Eine Pflegerin stellte sich zu mir.

»Wie lieb sie ist«, sagte sie.

»Ja«, antwortete ich. Voller Stolz.

»Deine Schwester hat großes Glück gehabt.«

Wegen der Komplikationen, meinte sie, denn Evi hätte auch tot sein können.

»Ja«, sagte ich wieder.

Aber das war Unsinn, denn Evi hat kein Glück gehabt. Es ist genau umgekehrt, sie hatte einfach nicht genug Pech, um es nicht zu überleben. Dass man gesund und richtig geboren wird, ist normal, alles was weniger ist, ist Pech, da muss man nur mal Gregory mit seinem missgebildeten Gesicht fragen.

An diesem Tag habe ich für meine Schwester eine Zeichnung gemacht. Zwei Puppen, eine grüne mit braunen Augen, meiner Augenfarbe, und eine kleinere rote mit blauen Augen, also Evi. Hand in Hand, unter einem Regenbogen. Mein Vater hat die Zeichnung eingerahmt und sie in Evis Babyzimmer gehängt. Ihr Babyzimmer ist längst kein Babyzimmer mehr, aber die Zeichnung hängt immer noch da. Evi und ich, Rot und Grün, schöne Farben, fröhliche Farben, so nah beieinander.

*

Jeden Tag fragte ich, ob wir Evi mit nach Hause nehmen könnten, und jeden Tag sagten meine Eltern, dass sie noch zu schwach sei, also mussten wir warten. Aber schließlich war es doch so weit, und es wurde ein großes Fest. Wir verließen das Krankenhaus, meine Mutter, mein Vater und ich, Evi lag in meinem alten Kinderwagen. Ein Taxi brachte uns nach Hause, und mein Vater trug Evi zu der Wiege, in der auch ich als Baby gelegen hatte und die seit Jahren auf dem Dachboden stand. Ich hatte sie mit Girlanden, Zeichnungen und Luftballons geschmückt, es sah ganz feierlich aus, und als Evi in ihrem neuen Bettchen lag, schaute sie sich zuerst erstaunt um und fing dann mörderisch an zu brüllen. Vielleicht, weil sie sich vor der neuen Umgebung erschreckt hatte und alle Blicke auf sie gerichtet waren, denn mein Opa war auch gekommen, er hatte zu Hause auf uns gewartet. Ich erinnere mich, dass mein Vater in Jubel ausbrach, als er das Geschrei hörte, denn bisher hatte Evi so gut wie keinen Laut von sich gegeben, im Krankenhaus war sie vor allem still gewesen, hatte kaum oder gar nicht geweint, und wenn sie es doch tat, machte das nicht viel her, es war allerhöchstens ein bisschen Schluchzen und Piepsen, viel mehr kam aus ihr nicht heraus. Weil sie noch zu schwach sei, sagten meine Eltern. Aber vielleicht hatte Evi auch einfach keinen Grund zum Weinen, vielleicht war sie einfach zufrieden. Dass sie jetzt so einen Krawall schlug, war auf jeden Fall ein gutes Zeichen. Und, wie ich mich erinnere, stand ich jeden Tag stundenlang an Evis Wiege und betrachtete meine kleine Schwester. Oder ich spielte mit ihr auf einem Teppich auf dem Fußboden im Wohnzimmer, dann lag sie auf dem Rücken und ich schüttelte eine Rassel vor ihrem Gesicht hin und her, und dann zappelte sie wie ein Kätzchen. Ich kam mir wie ein Riese vor, und in der Schule konnte ich nicht genug von meiner Schwester erzählen. Und der allerschönste Moment des Tages war, wenn meine Mutter mit Evi am Nachmittag auf dem Schulhof auf mich wartete und wir gemeinsam nach Hause gingen und ich den Kinderwagen schieben durfte, stolz wie ein Pfau und kaum in der Lage, über den Griff zu gucken.

*

Ein Foto. Evi sitzt auf meinem Schoß, während ich ihr aus einem Bilderbuch vorlese. Sie war damals drei Jahre alt und konnte ganz ordentlich sprechen, sie brabbelte schon früh drauflos. Ich war sieben und konnte schon ein bisschen lesen, und ich las ihr Geschichten vor, die ich mir teilweise ausgedacht hatte; das hat meine Mutter jedenfalls behauptet. Sie sagte, Evi habe immer fasziniert zugehört, wenn ich ihr vorlas.

Noch ein Foto. Evi in einem Bett im Krankenhaus. Sie hat ein miserables Immunsystem, damit ist sie geboren, sie ist für so ziemlich alles anfällig und musste deshalb in den ersten Jahren oft zum Arzt. Wegen einer Ohrenentzündung, einer Infektion oder Beulen auf der Haut, weil sie gegen irgendwas allergisch war. Kleinigkeiten, nichts, worüber man sich Sorgen machen musste. Doch eines Morgens, Evi war vier, wachte sie auf und hustete wie Opa, der schon sein ganzes Leben lang mehr als ein Päckchen Zigaretten am Tag raucht. Immer noch. Der Husten wollte und wollte nicht aufhören, meine Mutter legte ihre Hand auf Evis Stirn, sah besorgt drein und holte dann das Fieberthermometer. Erschrocken von der Temperatur rief sie gleich den Arzt an, der befürchtete eine Lungenentzündung. Nachdem sie im Krankenhaus Aufnahmen gemacht hatten, stellte sich heraus, dass es auch tatsächlich so war. Sie musste im Krankenhaus bleiben, und ich war zum ersten Mal wieder allein zu Hause, was mir ganz und gar nicht gefiel. Ich regte mich fürchterlich auf, aber wegen der Ansteckungsgefahr durfte ich Evi nur hinter Glas sehen. Alles in allem blieb Evi drei Nächte weg, aber es fühlte sich wie eine Ewigkeit an. Und als sie wieder zu Hause war, legte ich alle naselang meine Hand auf ihre Stirn, um zu kontrollieren, ob alles in Ordnung wäre, meine Eltern nannten mich »das wandelnde Fieberthermometer«. Manchmal mache ich das heute noch. Dann lege ich meine Hand auf Evis Stirn und merke nicht einmal, dass ich es tue, es passiert ganz von selbst.

Aber Evis Lungenentzündung war nur ein harmloser Vorbote dessen, was kommen sollte, als sie ungefähr zwei Jahre später plötzlich Stiche im linken Oberschenkel verspürte. Nachts. Wachstumsschmerzen, dachten meine Eltern, denn als ich so alt war wie sie, hatte ich die auch. Aber die Schmerzen gingen nicht weg, und sie fühlte sich immer schlechter, und dann wurde sie untersucht. Ein paar Tage später bekamen wir die Ergebnisse, und ich erinnere mich, dass ich auf der Couch im Wohnzimmer saß und meine Mutter mir etwas sagen wollte, aber stattdessen in Tränen ausbrach. Mein Vater war ratlos, was er tun sollte, legte seine Hand auf ihre Schulter und sah traurig aus. Weil Evi krank war. Ernsthaft krank. Ein Tumor im Knochen ihres linken Beins. Der Keim hatte schon immer da gesessen, von Geburt an irgendwo tief in ihrem Körper versteckt, und im Nachhinein betrachtet war es nur eine Frage der Zeit gewesen, wann er sich bemerkbar machen würde. Es war vorherbestimmt, dass Evis linkes Bein eines Tages wehtun würde.

»Die Ärzte werden sie doch gesund machen?«, fragte ich, denn das ist doch ihre Aufgabe, Menschen gesund machen, so viel wusste ich schon.

»Natürlich werden sie sie wieder gesund machen!«, antwortete meine Mutter entschieden. Und mein Vater nickte heftig. Natürlich. Sie wollten mich beruhigen, glaube ich. Und sie wollten sich beruhigen. Aber ich spürte an allem, dass sie sich große Sorgen machten, und deswegen machte ich mir auch Sorgen. Ich hatte zwar keine blasse Ahnung, was ein Tumor sein sollte, aber dass es etwas Gefährliches ist, war offensichtlich.

Im Fernsehen sah ich einen Film über Jesus. Die Römer hatten ihn gefangen genommen und zusammen mit einer Bande von Verbrechern auf dem Gipfel eines Berges zur Kreuzigung verurteilt. In einer langen Prozession ziehen sie durch die Straßen von Jerusalem, und Jesus schleppt ein bleischweres Holzkreuz auf seiner Schulter. Am Wegesrand stehen haufenweise Menschen, sie schreien und johlen, und zum Spaß haben sie ihm auch eine Dornenkrone auf den Kopf gesetzt, Bluttropfen laufen ihm wie Tränen das Gesicht herab. Und manchmal stürzt Jesus mit dem Kreuz und allem zu Boden, dann wird er geschlagen, bis er wieder aufsteht und weitergeht. Aber schließlich kommt ein Mann aus dem Publikum und geht auf Jesus zu, er hebt das Kreuz vom Boden auf und trägt es für ihn. Bis die Römer das spitzkriegen und wieder auf ihn einprügeln.

An diesem Abend habe ich zum ersten Mal in meinem Leben gebetet. Oder jedenfalls etwas getan, was dem ähnlich sah, weil ich nicht wusste, wie es geht, und deshalb machte ich es ein bisschen so, wie ich es Leute im Fernsehen hatte tun sehen. Ich kniete im Pyjama vor meinem Bett, faltete die Hände und blickte mit halb geschlossenen Augen schräg hinauf zur Decke.

»Bitte, Gott, lass Evi wieder gesund werden oder lass mich mit ihr tauschen.«

Denn warum Evi und nicht ich? Es hätte genauso gut mich treffen können, wir haben die gleichen Eltern, die gleichen Gene. Und wenn ich gekonnt hätte, dann hätte ich tatsächlich mit Evi getauscht. Denn warum Evi und nicht ich? Das habe ich nie verstanden.

*

Elliott Smith ist zu Ende. Die meiste Zeit weiß ich genau, was ich hören möchte, aber jetzt scrolle ich schon wer weiß wie lange durch meine Playlists und kann mich nicht entscheiden. In meinem Zimmer ist es still, aber von überall her kommen Geräusche. Mein Stuhl knarrt, der Computer summt, ein Auto fährt vorbei. Ich höre mich atmen, meinen Kopf schwirren und mein Herz schlagen. Im Dunkeln klingen die Geräusche viel intensiver, weil man nicht so gut sehen kann und die Gefahr also besser kommen hört. Auch dieser Mechanismus stammt noch aus der Urzeit.

Evi liegt ganz ruhig in ihrem Bett, unter der Decke, ich war nur noch mal nachsehen, sie liegt ganz friedlich da. Vielleicht träumt sie was. Was Schönes, hoffe ich. Vielleicht träumt sie wie das Mädchen, das sie einmal gewesen ist, aber das kann ich mir eher weniger vorstellen. Vielleicht träumt sie auch überhaupt nicht, vielleicht geht das Licht nachts einfach aus und am nächsten Morgen wieder an. Manchmal frage ich sie der Form halber: »Hast du letzte Nacht was Schönes geträumt?« Dann schaut sie mich mit glasigen Augen an und hat keine blasse Ahnung, wovon ich spreche. Ist auch egal. Ich träume fast jede Nacht, und oft träume ich von dem Bach, an dem Evi und ich und später auch Polly so oft gewesen sind. Es ist fast immer das gleiche Szenario, es beginnt schön und alles ist gut, Evi, Polly und ich, das reinste Idyll am Ufer. Wir picknicken oder schwimmen, die Sonne scheint, es ist herrlich. Doch bald verwandelt sich der Traum in den Alptraum, der er schließlich geworden ist, und ich erwache schweißgebadet mit einem wie verrückt schlagenden Herzen. Das passiert in letzter Zeit oft, eigentlich jede Nacht. Wachsein ist die Hölle, aber schlafen ist vielleicht noch schlimmer.

Ich habe P.J. Harveys *White Chalk* eingelegt, vielleicht die schönste CD, die sie je gemacht hat, ich habe sie schon eine Weile nicht mehr gehört. Das P. in ihrem Namen steht für Polly, wie meine Polly, ich habe den Namen schon immer gemocht, lange bevor ich sie kennenlernte. »Polly wants a cracker«, hat sie manchmal gesungen, wenn sie Lust auf was Leckeres hatte, meistens Schokolade. Der Satz stammt aus einem Lied von Nirvana, und sie liebte Nirvana. Genau wie ich. Das Lied hat einen seltsamen Text, deshalb haben wir die Bedeutung mal gegoogelt, und als wir es heraushatten, war der Spaß vorbei.

Ein paar silberne Wolken treiben vor dem Mond herum, es ist ein schöner Anblick. Ich nehme noch einen Schluck aus der Wasserflasche mit dem Aufdruck eines psychedelischen Affen drauf, die Polly fast immer bei sich hatte und aus der sie immer trank. Die Flasche lag noch in meinem Zimmer, sie hatte sie vergessen, seit Monaten fülle ich sie immer wieder auf. Und es ist, als würde ich ihre Lippen spüren, jedes Mal, wenn ich daraus trinke.

*

In der Schulpause auf dem Hof sagte ein kleiner Junge zu mir: »Deine Schwester stirbt, hey, deine Schwester hat Krebs.«

Er hatte es von seiner Mutter gehört, die es wieder von einer anderen Mutter hatte, und augenscheinlich wusste jeder an der Schule, wie schlecht es um Evi stand.

»Meine Schwester stirbt überhaupt nicht«, sagte ich.

»Deine Schwester wird doch sterben, deine Schwester hat Krebs, und wenn man Krebs hat, stirbt man, hat meine Mutter gesagt, also stirbt sie.«

»Deine Mutter spinnt, und sie stirbt überhaupt nicht!«

»Meine Mutter ist Ärztin, und deine Schwester hat Krebs und stirbt!«

»Neeeiiin!!!«

»Doooch!«

Dann wurde es schwarz vor meinen Augen, und als wieder zu mir kam, war ich schon dabei, auf den Jungen einzuprügeln, so kräftig ich nur konnte. Ich schlug immer weiter auf ihn ein, bis mich zwei Lehrer von ihm wegzerrten, sie schafften es nur mit Mühe und schleppten mich in ein leeres Klassenzimmer, wo einer von ihnen mit mir wartete, bis meine Mutter kam, mich abzuholen. Als er mich fragte, was passiert sei, konnte ich nur stammeln, dass Evi nicht sterben dürfe. Und als meine Mutter endlich ins Klassenzimmer kam, sprang ich auf sie zu, warf mich in ihre Arme und brach in Tränen aus.

»Evi wird doch nicht sterben?«, quiekste ich, als wir mit dem Auto nach Hause fuhren und ich mich etwas beruhigt hatte.

»Natürlich stirbt Evi nicht.«

Sie sagte, dass Evi bei den Ärzten in guten Händen sei und dass die die Krankheit »wegmachen« würden. Sie erzählte von der Therapie, die Evi machen musste, und ich verstand nicht mal die Hälfte von dem, was sie sagte; ihre Stimme klang fremd und unnatürlich, als wäre es nicht ihre eigene Stimme, sondern die einer schlechten Schauspielerin.

»Stirbt Evi wirklich nicht?«, fragte ich wieder, als wir fast zu Hause waren. Nur zur Sicherheit.

»Natürlich stirbt Evi nicht.«

Was hätte sie auch anderes sagen sollen?

Evi musste häufig ins Krankenhaus, und so oft ich konnte, ging ich mit, vielleicht, weil ich dachte oder hoffte, dass nichts Schlimmes passieren würde, wenn ich nur in ihrer Nähe wäre. Dass ich sie beschützen könnte, dass sie sicher wäre, so was, weil ich dem Krankenhaus von Anfang an misstraute. Eines Tages warteten meine Mutter, Evi und ich auf einer Bank in einem der langen Flure, als wir plötzlich nicht weit von uns einen lauten Schrei hörten. Eine Tür sprang auf, und eine Frau kam herausgestürzt, die wie ein Zombie taumelte. Und ein Mann, ich glaube, ihr eigener Mann, lief hinter ihr her und versuchte, seinen Arm um sie zu legen, aber sie schlug seine Hand immer wieder weg. Ein Arzt schaute aus gewissem Abstand zu und machte weiter nichts. Die Frau kam auf uns zu, als sie Evi sah, blieb sie abrupt stehen und blickte sie mit großen leeren Augen an. Ein eiskalter Schauer lief mir über den Rücken. Dann drehte sie sich um, torkelte weiter und setzte sich auf eine Bank uns schräg gegenüber. Sie beugte sich vor, legte den Kopf in die Hände und begann leise zu weinen. Ein paar Augenblicke später standen drei Krankenschwestern um sie herum und redeten auf sie ein. Ihre Tochter war gestorben, ein Mädchen von zwölf Jahren, hörte ich eine Krankenschwester zu einer anderen sagen. Und ich musste an den Jungen auf dem Schulhof denken: »Deine Schwester wird sterben, deine Schwester hat Krebs, und wenn man Krebs hat, dann stirbt man, also stirbt sie.«

Ich musste daran denken, was meine Mutter auf dem Heimweg im Auto gesagt hatte: »Natürlich wird Evi nicht sterben.« Und ich wusste nicht, wem ich glauben sollte, denn meine Mutter ist meine Mutter und keine Ärztin. Ärzte können vielleicht viel, aber nicht alles, sie können höchstens ihr Bestes geben, aber es kann auch schiefgehen, und wenn ihre Absichten noch so gut sind.

*

Evi bekam eine Chemo, was den Tumor aber nicht scherte, er wollte nicht weg, er hörte allenfalls auf zu wachsen. Als sie sagten, dass die Behandlung angeschlagen habe, schien das nicht mehr als ein kurzzeitiges Täuschungsmanöver zu sein, das Geschwür war hartnäckig und gegen so ziemlich alles immun. Im Gegensatz zu Evi, die wir nach jeder Behandlung förmlich aufwischen konnten. Sie sah schrecklich aus, und dann kam auch schon die nächste Dosis.

Im Fernsehen sah ich drei Männer auf Hockern sitzen, es war ein Markt irgendwo in Asien. Um sie herum standen Eimer voller Frösche, Hunderte und Aberhunderte Frösche, und einen nach dem anderen schnappten sie sich die Tiere aus den Eimern und schnitten ihnen mit scharfen Messern die Vorder- und Hinterbeine ab. Um sie zu frittieren, denn das ist dort eine Art Snack. Den noch lebenden Rumpf schmissen sie auf einen Haufen; es war ein ganzer Berg, bestimmt einen halben Meter hoch, voller Froschleiber ohne Vorder- und Hinterbeine, eine zitternde, schlüpfrige, sterbende Masse. Ich sah Fischer in einem Boot auf dem Meer, die mit riesigen Angeln Haie für Haifischflossensuppe fingen. Sobald sie einen am Haken hatten, zogen sie das arme Tier an Bord, schnitten ihm Schwanz und Flossen ab und warfen den Rest des lebendigen Leibes wieder ins Meer zurück, sie machten sich nicht einmal die Mühe, das Tier vorher zu töten. Langsam sackte der Hai auf den Grund und blieb da liegen, bewegte sich ein bisschen in der Strömung wie eine Fahne im Wind, denn er konnte nicht mehr schwimmen, und deshalb kam zu wenig sauerstoffreiches Wasser in seine Kiemen; es klingt absurd, aber er ertrank. Ganz langsam. In meiner Erinnerung dauerte es Stunden.

Diese und andere Bilder habe ich noch immer im Kopf, irgendwo tief vergraben, aber unmöglich zu löschen. Sie drängten sich oft nach oben, nachts im Dunkeln, im Bett, und sie hielten mich wach. Frösche ohne Beine und Haie ohne Schwänze und Flossen.

Etwas hatte sich geändert. In mir. In meinem Kopf. Als ob jemand einen Schalter umgelegt hätte. Plötzlich war ich kein netter Junge mehr, sondern wütend auf alles und jeden. Ich war zehn, fast elf, und kapierte nur wenig von dem, was um mich herum geschah, ich glaube, ich habe in dieser Zeit Hunderte, vielleicht Tausende von Insekten gequält und getötet. Spinnen, Käfer, Marienkäfer, alles, was mir in die Hände fiel. Ich fing sie im Gras, im Gebüsch, in der Scheune oder wo auch immer. Mit einer Pinzette riss ich ihnen die Beine aus den Leibern, um zu beobachten, ob sie sich noch fortbewegen konnten und wie lange es dauerte, bis sie starben. Wenn die Sonne schien, verbrutzelte ich Ameisen mit einem Vergrößerungsglas, eine nach der anderen, sie versuchten abzuhauen, hatten aber gegen meinen *Heat-ray* keine Chance. Ich verbrannte Schnecken oder bestreute sie mit Salz und sah zu, wie sie anfingen zu blubbern, als ob sie innerlich verkochten.

So was eben.

Eines Tages zerschlug ich zwei leere Flaschen und vergrub die Scherben im Sandkasten des Spielplatzes nicht weit von unserem Haus. Es war im Sommer, und die Kinder liefen barfuß, aus der Ferne beobachtete ich, wie sie in das Glas traten. Zuerst fiel es ihnen gar nicht auf, aber als sie es bemerkten, fingen sie an, wie am Spieß zu brüllen, und die Eltern gerieten in totale Panik. Ich weiß nicht, warum ich es getan habe, aber ich weiß, dass ich jedes Mal, wenn sich ein Kind seine Füße aufschnitt, etwas wie Triumph verspürte. Wenn Evi Schmerzen hatte, dann andere halt auch, so etwas muss ich mir gedacht haben. Am nächsten Tag erzählte mir meine Mutter, dass irgendein Bekloppter Glasscherben im Sandkasten verbuddelt hätte. Die Geschichte machte wie ein Lauffeuer die Runde, es wurde ein ziemlich großes Ding, und ein paar Tage später tat ich es wieder. Dann wurde der Spielplatz für eine Weile geschlossen, und sie verteilten Flyer in den Haushalten, in denen dazu aufgefordert wurde, die Polizei anzurufen, wenn man etwas wusste, gesehen oder gehört hatte. Sie haben es nie herausgekriegt, nur Henry weiß Bescheid und sonst niemand. Selbst Evi hat keine Ahnung, obwohl ich ihr so gut wie alles erzähle.

*

Während meiner Konsultationen bei Henry sitze ich auf genau so einem Sofa, wie man es beim Psychiater erwartet. So eins, auf dem man gleichzeitig sitzen und liegen kann, damit man sich besser entspannen und leichter reden kann, das ist die Idee dahinter.

Wir reden über alles, und oft geht es auch um Filme, denn ich sehe mir gerne Filme an, mein ganzes Leben schon. Dank meines Vaters; ich habe es ihn nie gefragt, aber irgendwie habe ich das Gefühl, dass er mich als Vorwand benutzt hat, um sich all die Filme wieder anzuschauen, die er selbst als Junge gemocht hat. Denn ich bin mit *Tom & Jerry, Roadrunner, Popeye* und *Bugs Bunny* aufgewachsen. Und mit Laurel & Hardy, Charlie Chaplin und Buster Keaton. Wir rollten buchstäblich vor Lachen von der Couch, wenn Laurel und Hardy zum x-ten Mal versuchten, das Klavier eine steile Treppe hinaufzuschieben, was natürlich völlig in die Hose ging. Henry verstand das sofort, er sagte, dass er Slapstick immer schon gemocht hat.

Bis vor einigen Monaten hatte ich einen Job in einem Kino bei uns in der Gegend. Eintrittskarten verkaufen, an der Bar stehen, etwas in der Art. Ich habe mir so ziemlich alles angesehen, was dort lief. Insbesondere Arthouse und Klassiker.

Henry meinte einmal, dass ich aufpassen müsse, Film und Realität nicht zu verwechseln, denn das Leben sei kein Film.

Ich weiß.

Ich weiß es nur zu gut.

Es gab eine Zeit, in der ich fast jede Nacht Batman, *The Dark Knight* guckte. Besessen, wie ein Süchtiger. Dutzende Male habe ich den Film gesehen, und Henry wollte wissen, warum.

»Wegen des Jokers«, sagte ich.

Das ist der Bösewicht.

»Warum der Joker?«

Obwohl die Frage auf der Hand lag, überraschte sie mich doch, ich hatte noch nie darüber nachgedacht.

Warum der Joker? Warum war ich so fasziniert von einem Mann, der nichts anderes im Kopf hat als den Willen, alles zu zerstören, Menschen, Dinge, und der sich dabei nicht einmal selber schont? Der alles in eine Art finsteren Witz verpackt, als wäre das Leben nicht mehr als das.

»Das Böse hat eine seltsame Anziehungskraft auf Menschen, und das war schon immer so«, sagte Henry.

Bei der Premiere des dritten Teils von Christopher Nolans Batman-Trilogie erschoss James Holmes in einem Kino irgendwo in Amerika zwölf Menschen und verwundete einundsiebzig weitere. Holmes hatte sich die Haare rot gefärbt, kaufte eine Eintrittskarte und setzte sich in den Saal. Mitten in der Vorführung war er dann plötzlich aufgestanden und hatte mit Nebelgranaten um sich geworfen. Während er rumbrüllte, dass er der Joker sei, begann er planlos mit einem Gewehr, das er unter seinem Mantel versteckt hatte, herumzuballern, sogar ein Ungeborenes musste dran glauben.

Die Leute, die die Schießerei überlebt hatten, sagten, Holmes sei völlig kalt und berechnend vorgegangen, und später stellte sich heraus, dass er seine Aktion schon lang im Voraus geplant hatte.

Heath Ledger, der Schauspieler, der den Joker spielte, starb kurz nach den Dreharbeiten an einer Überdosis. Vor der Filmerei hatte er sich wochenlang in einer Hotelsuite eingeschlossen, um sich auf seine Rolle vorzubereiten. Denn er wollte den Joker nicht nur »spielen«, er wollte auch wirklich der Joker »sein«. Und das ist ihm gelungen. Man sagt, dass er die Gestalt geworden ist, die er spielte. Man sagt auch, der Joker hätte ihn zerstört.

Henry erzählte von Shiva, das ist ein Gott in Indien, der Erdbeben, Überschwemmungen, Epidemien und Seuchen verursacht, mit manchmal Zehntausenden Toten. Aber dort ist er kein böser Gott, sondern ein guter, weil er Raum für Neues schafft, so ein Gedanke steckt dahinter. Zerstören und dann wieder aufbauen, Yin und Yang, sie gehören zusammen, das eine geht nicht ohne das andere. Aber sie müssen im Gleichgewicht bleiben und dürfen nicht nach einer Seite ausschlagen. Denn wenn die destruktiven Neigungen überwiegen, geht es schief. Wie beim Joker. Sagt Henry.

In *Apocalypse Now* erhält Martin Sheen den Befehl, Colonel Kurtz, einen Offizier der amerikanischen

Armee, zu liquidieren. In Vietnam hat Kurtz erfolgreich gegen den Vietcong gekämpft, und er hätte eine große Karriere vor sich haben können, aber daraus wird nichts, weil er wegen der Exekution dreier Vietnamesen, die er der Spionage verdächtigte, unter Mordanklage gestellt wird. Er fühlt sich verraten, desertiert aus der Armee und flüchtet mit einer Gruppe Vertrauter in den Dschungel von Kambodscha. Dort gründet er eine völlig wahnsinnige und mordlustige Sekte, überall liegen Leichen in der Gegend herum, Köpfe werden auf Pfähle gespießt, und die Eingeborenen beten Kurtz an, als wäre er Gott. Der sitzt aber nur in einer dunklen Hütte, hat Malaria, spricht nur noch in Rätseln und kann es kaum erwarten, dass Martin Sheen ihn von seinen Leiden erlöst. Es ist, wie jemand anders zuvor im Film sagt: *»Jeder Mensch hat seinen Zerreißpunkt. Sie und ich ebenfalls. Walt Kurtz ist an seinem angelangt. Und offensichtlich ist er dabei geisteskrank geworden.«*

Irgendwann, früher, als der Joker noch jung war, muss irgendetwas furchtbar schiefgelaufen sein, denn er hat den *Glasgow Smile,* jemand hat seine Mundwinkel mit einem scharfen Messer schräg nach oben aufgeschnitten, und wegen der Narben sieht es so aus, als würde er immerzu lachen.

So wurde der Joker geboren. Da sind Yin und Yang endgültig aus dem Gleichgewicht geraten, da irgendwo war sein *Zerreißpunkt,* sagte ich Henry. Und vielleicht ist es das, was mich am Joker fasziniert. Dass manchmal Dinge geschehen, die einem den Blick auf die Welt mit einem Schlag verändern, dann steht auf einmal alles auf dem Kopf und die Füße berühren den Boden nicht mehr. Der Joker ist keine Erfindung, er existiert in einem drin, in mir, in dir, irgendwo tief im Körper versteckt. Ein Samenkorn, das geduldig auf die richtige Gelegenheit wartet, um zu keimen und zu wachsen. Und eines Tages geht man ins Kino, mit Nebelgranaten in den Taschen und einem Gewehr unter dem Mantel, und erschießt alle, die einem vor die Mündung laufen. Denn auf einmal kriegt man alles hin und macht auch alles und kann es sogar noch vor sich rechtfertigen. Sogar das Abknallen eines vier Monate alten Babys.

Henry schaute mich etwas verwundert an, aber ich glaube, er hat verstanden, was ich meinte. So ungefähr. Denn ich rasselte alles wie ein Idiot herunter, aber ich konnte es nicht besser erklären, weil ich auch nur einige lose Fragmente eines größeren Ganzen vor mir sah, das ich nicht kapierte. Henry hatte eine Antwort für mich auf Lager. Eine echte Henry-Antwort.

»Vergiss nie, dass die bestehende Ordnung, mit all ihrer Heuchelei, Gier und Lüge, auch ihre guten Seiten hat. Dass da draußen auch Chaos herrscht, müssen wir akzeptieren, und wir dürfen vor allem nicht in Zynismus verfallen.«

Zynismus. Zusammen mit der Gier ist dies vielleicht Henrys größte Furcht. Er erkannte, wie in seinem Umfeld immer mehr davon entstand, und das stimmte den geborenen Optimisten zuweilen pessimistisch.

»Die Menschen sind verwöhnt«, sagte er dann, »wir haben vergessen, was Dankbarkeit ist.«

*

In der Zeitung las ich von einem Mann, der Angelhaken in Würste getan und die dann im Park in den Büschen versteckt hat, damit Hunde sie finden und fressen sollten. Es hat viele Opfer gegeben, und das Einzige, was er sagte, als man ihn erwischt hatte, war, dass er Hunde hasse. Weil sie stanken und überall hinschissen und ihm so das Leben zur Hölle machten. Allein der Gedanke an Hunde hielt ihn nachts wach, es war eine Art Phobie, und die Häkchen waren seine Rache.

Ich habe auch welche gekauft, kleine scharfe. Und als ich die Gelegenheit bekam, als alle draußen auf dem Schulhof spielten und ich mich ganz alleine im Klassenzimmer aufhielt, drückte ich ein paar von ihnen in Daniels Butterbrote. Während der Mittagspause blieb ich in seiner Nähe und beobachtete, wie er sich ein Brot aus seiner Lunchbox holte und einen Happen abbiss. Er fing an zu kauen, und alles schien normal zu sein, aber plötzlich verzog er das Gesicht, als hätte er in eine Zitrone gebissen, steckte die Finger in den Mund und zog einen Angelhaken heraus. Und dann noch einen, das Blut lief ohne Ende. Zuerst haben sie gedacht, Daniels jüngerer

Bruder sei der Übeltäter, denn eine Woche zuvor hatte Daniel seinen Bruder mit Dartpfeilen beworfen, und einer der Pfeile war senkrecht in seinem Arm stecken geblieben, die Geschichte hatte sich herumgesprochen. Aber am nächsten Nachmittag holten sie mich aus dem Unterricht, und ich musste zum Direktor. Als ich meine Mutter in seinem Zimmer sitzen sah, war ich mir sicher, dass irgendwas nicht stimmte.

»Hast du die Angelhaken in Daniels Butterbrot gesteckt?«, fragte sie in einem Tonfall, der alles andere als neutral war.

»Nein«, antwortete ich, »das war ich nicht.«

Aber ich kann schlecht lügen, und der Direktor sah mich mit festem Blick an, die Arme ruhten übereinandergeschlagen auf seinem enormen Bauch.

Ich hatte keine Chance, denn vom Flur aus kann man in das Klassenzimmer sehen, und jemand hatte mich bei der Tat beobachtet. Und dieser Jemand hatte es jemand anderem erzählt, dann kam es einem Lehrer zu Ohren, und schließlich erfuhr es auch der Direktor. Der hatte sofort meine Mutter angerufen.

»Warum hast du das gemacht?«, fragte meine Mutter, jetzt etwas bestimmter.

»Wegen Kenny«, gab ich schließlich zu.

Denn Daniel und ein anderer Junge hatten Kenny die Tasche auf dem Schulhof abgenommen, und während er dastand und heulte, fingen sie an, damit Fußball zu spielen und durch die Gegend zu bolzen. Es hatte an diesem Tag geregnet, und schließlich kippten sie die Tasche über einer Pfütze aus. Als Kenny seine Sachen herausfischen wollte, wurde er hineingeschubst, es passierte direkt vor meinen Augen, und die Angelhaken waren eine Art Rache. Ich weiß noch, dass ich hoffte, meine Mutter und der Direktor würden es genauso sehen und vielleicht sogar Sympathie dafür aufbringen, dass ich mich für einen Schwächeren eingesetzt hatte. Zwar auf eine falsche Art und Weise und im verkehrten Moment, aber wenigstens hatte ich etwas getan, und das war mehr, als man von den anderen behaupten konnte. Aber meine Mutter und der Direktor sahen das doch anders. Zwei Wochen später biss ein anderer Junge in ein Butterbrot mit Angelhaken, und sofort dachten sie, dass ich wieder zugeschlagen hätte. Aber ich war es nicht, es war ein Trittbrettfahrer, und in der Schule ordneten sie an, dass man ab sofort sein Essen erst kontrollieren musste. Trotzdem passierte es noch ein drittes Mal, den Täter bekam man aber nicht zu fassen, weil der oder die anscheinend schlauer gewesen war als ich.

Sie haben mich untersuchen lassen, wegen der Angelhaken und einiger anderer Dinge, die ich angestellt hatte. Nicht von Henry, der kam erst später, sondern von jemand anderem, einer Frau. Ich musste etwas zeichnen, und wir spielten Assoziationsspiele. Sie fragte mich alles Mögliche über die Situation zu Hause und in der Schule, sie sprach mit den Lehrern und meinen Eltern, vielleicht auch mit Klassenkameraden, ich weiß es nicht, doch am Ende hat sie vorgeschlagen, dass ich auf eine andere Schule gehen sollte. Um einen »Neuanfang« zu machen, so nannte sie es. Ich war gerade mal elf, ich saß in der siebten Klasse, und sie hielten mich für einen Verrückten. Weil ich aggressiv war und kämpfte, Ameisen verbrannte, Insekten die Beine ausriss, Angelhaken in Butterbrote stopfte, solche Sachen eben. Und ich konnte ihnen nicht einmal unrecht geben, an ihrer Stelle hätte ich wahrscheinlich dasselbe gedacht. Ich glaube, dass eine andere Schule meinen Eltern auch schon in den Sinn gekommen war, in der Hoffnung, dass es besser für mich wäre. Auf dem Schulhof hatte meine Mutter immer das Gefühl, von den anderen Müttern mit schiefen Blicken angestarrt zu werden. Denn wenn das Kind nichts taugt, dann kann mit den Eltern auch nicht viel los sein. Alle Eltern auf dem Schulhof unterhielten sich miteinander, außer mit meiner Mutter, mit der sprach niemand, sie stand immer ganz alleine da.

*

Eine andere Schule, das fand ich prima. Evi wusste von den Angelhaken, keine Ahnung, wer es ihr erzählt hatte, ich jedenfalls nicht.

»Das hättest du nicht tun sollen«, sagte sie entschieden.

»Nein, das hätte ich nicht tun sollen.«

»Und warum hast du's dann gemacht?«

Ich erzählte ihr, was sie Kenny angetan hatten, und dass es an der Schule bestimmt einige Kinder gäbe, die meine Aktion zu würdigen wüssten, denn Kenny war nicht der Einzige, der schikaniert wurde. Evi hat es verstanden, sie fand es auch ein bisschen richtig, sagte aber, dass ich es doch besser nicht hätte tun sollen. Und sie gab mir einen Rat, sie meinte es todernst.

»An der neuen Schule musst du echt dein Bestes geben.«

Ich nickte. Ja. Natürlich.

»Und du darfst keine komischen Sachen mehr machen«, setzte sie streng hinzu.

»Ich werde keine komischen Sachen mehr machen.«

»Versprichst du es?«

Ich versprach es.

»Versprichst du es wirklich?«

Ich musste mich erst mal dran gewöhnen, dass sich Evi wie eine besorgte große Schwester aufführte, denn sie war damals gerade mal sieben. Und ich weiß noch, wie unwohl ich mich fühlte, als mich am ersten Tag der neue Lehrer an der neuen Schule der Klasse vorstellte und fünfundzwanzig unbekannte Gesichter mich misstrauisch anglotzten. Ich war überglücklich, als ich nachmittags meine Mutter auf dem Schulhof sah und endlich nach Hause durfte.

»Und …?«, fragte sie. »Wie war es?«

»Schon okay.«

»Und die anderen Kinder? Sind sie nett?«

»Ja, sicher.«

»Und der Lehrer, wie heißt er doch gleich?«

»Er heißt Hans.«

Wenn man nur oft genug behauptet, dass es gut sei, dann wird es vielleicht auch gut, so was in der Art werde ich gedacht haben. Auf jeden Fall war ich fest entschlossen, mein Versprechen gegenüber Evi zu halten, und die Art und Weise, wie ich das zu erreichen gedachte, war einfach: Mich so weit wie möglich im Hintergrund halten und niemandem Anlass geben, sich weiter mit mir zu beschäftigen. Und dieser Ansatz funktionierte, denn nachdem meine neuen Klassenkameraden in den ersten Wochen noch neugierig auf mich gewesen waren, flaute ihr Interesse schnell ab, und es war, als gäbe es mich überhaupt nicht. Evi war sehr zufrieden und schenkte mir eine Zeichnung, ordentlich zusammengerollt und mit einem schönen roten Bändchen drumrum.

»Weil du dich so doll anstrengst!«, sagte sie.

Ich musste lachen, aber Evi ließ sich davon nicht beeindrucken. Es war eine Zeichnung mit zwei springenden Delfinen über einem orange-blauen Meer und einer riesigen rot-gelb untergehenden Sonne im Hintergrund, sie hängt noch immer in meinem Zimmer an der Wand.

»Der große Delfin bist du, und ich bin der kleine«, sagte sie.

Das also war die Situation an der Schule. Ich hielt mit meiner Meinung hinter dem Berg, und alles war in Ordnung, es gab keine Probleme, und meine Eltern waren beruhigt. Aber Evis Bein ging es in der Zwischenzeit wieder alles andere als gut, weil die Chemo nicht ausreichend gewirkt hatte, und nach der soundsovielten Untersuchung wurde entschieden, dass der Tumor operativ entfernt werden müsse. Evi würde unters Messer kommen.

»Alles wird gut«, sagten die Ärzte, und das sagten wir auch, denn was soll man sonst sagen, und Evi hatte keine Wahl. Sie schnitten ihr das Bein auf, entfernten den Tumor, und sie behielt ein Riesending von einer Narbe zurück, die sie mir mit einer seltsamen Art von Stolz zeigte, als wäre es eine Kriegsverletzung.

»Sie ist wunderschön«, sagte ich.

Und das war es dann, zumindest sah es danach aus, meine Mutter hatte Recht behalten, denn Evi starb nicht, die Ärzte hatten die Krankheit »einfach weggemacht«, genau wie sie es vorhergesagt hatte. Jeden Tag absolvierte Evi voller Elan die Übungen, die der Physiotherapeut ihr verordnet hatte. Oft gingen wir spazieren, drehten Runden ums Haus, schlurften Schritt für Schritt über den Bürgersteig, zuerst mit zwei Krücken, aber ziemlich schnell kam sie mit einer zurecht, und dann ging es auch ganz ohne. Ich erinnere mich noch an einen Abend, als wir uns Eiskunstlaufen im Fernsehen ansahen und ein fünfzehnjähriges russisches Mädchen sich die Sterne vom Himmel holte.

»Wenn mein Bein wieder richtig gut ist, mache ich das auch«, sagte Evi.

Es war, als hätten wir ein böses Kapitel abgeschlossen und ein neues, fröhlicheres aufgeschlagen. Und ihr schönes blondes Haar wuchs auch wieder nach.

Zwei kurze Jahre lebten wir in bestem Glauben, aber der Tumor war wie der Dämon Orochi in *Okami*, das vielleicht schönste Computerspiel, das ich je gespielt habe. Man ist irgendwo in Japan, irgendwo in der Vergangenheit in einem Dorf auf dem flachen Land zwischen Reisfeldern. Und einst herrschte dort Orochi mit seinem Heer an Monstern, und die Menschen lebten wie Zombies. Doch eines Tages erschien Amaterasu, die Göttin des Lichts, sie besiegte die Monster eines nach dem anderen und schließlich auch den Dämon selbst, und das Land blühte wieder auf, die Bäume und Pflanzen, die Menschen und Tiere, alles war wie vor langer Zeit. Jahre vergingen, Menschen starben, Babys wurden geboren, und nach einer Weile waren Amaterasu und Orochi vergessen, sie wurden zur Legende, zu einer Geschichte, die man Kindern kurz vor dem Schlafengehen erzählt. Aber Orochi war nicht tot. Der Dämon schlummerte irgendwo tief in der Erde. Um wieder zu Kräften zu kommen. Um aufzuerstehen und wieder in Erscheinung zu treten. Und genau hundert Jahre später war er wieder da.

Sie fanden einen neuen Tumor in Evis Bein, ungefähr an der gleichen Stelle wie der erste, aber dieser war noch aggressiver, und es hatte den Anschein, als wolle dieses Geschwür sich an allen rächen, die dachten, es sei überwunden. Evis linkes Bein musste amputiert werden, damit der Rest leben konnte.

*

Ich scrolle durch meine Playlists.

Was will ich hören?

Als ich dreizehn war, bekam ich von meinem Vater eine CD mit Musik von Robert Johnson geschenkt. Uralter *Mississippi Delta Blues*. Als ich die CD auspackte, erzählte mir mein Vater die Geschichte Johnsons, der eines Tages mit seiner Gitarre auf dem Rücken über die staubigen Sandwege von Mississippi bummelt. Er kommt an eine Wegkreuzung, und dort steht ein großer dunkler Mann, der Teufel, so geht die Geschichte. Johnson gibt ihm seine Gitarre, er stimmt sie, spielt eine Weile auf ihr und gibt sie dann wieder zurück. Und von diesem Moment an spielt Johnson wie nie zuvor, er wird zu einer richtigen Berühmtheit, und nach Meinung einiger ist er sogar der beste Gitarrist aller Zeiten. Er starb im Alter von siebenundzwanzig Jahren, genau wie Jimi Hendrix und Kurt Cobain, man sagt, er sei von einem eifersüchtigen Ehemann einer seiner Affären vergiftet worden. Ich habe oft versucht, zu spielen wie er, es aber nie so richtig hingekriegt, es geht um viel mehr als nur Technik.

Irgendwo habe ich mal gelesen, dass die DNA eines Schimpansen zu etwa neunundneunzig Prozent der eines Menschen entspricht, der Unterschied zwischen der DNA von zwei Menschen ist also noch weitaus geringer. Und doch macht dieser winzige Unterschied eine Menge aus, denn manche Menschen kriegen nie etwas, und bei anderen wachsen tödliche Tumore gleich zweimal hintereinander im linken Bein.

Draußen hat es leicht zu schneien angefangen, genau wie vorhergesagt. Ich nehme noch einen Zug von meiner Zigarette, im Hintergrund singt Robert Johnson mit seiner seltsam hohen Stimme und den Dämonen im Kopf. »I got to keep moving / blues falling down like hail / And the day keeps on remindin' me / there's a hellhound on my trail.«

*

Es war wie ein Déjà-vu, ständig fuhren wir zwischen Zuhause und dem Krankenhaus hin und her, und über uns breitete sich eine alles erstickende Decke aus. Ich weiß noch, dass meine Eltern und Evi ein Gespräch mit dem Chirurgen hatten. Ich durfte nicht mit ins Zimmer und musste draußen auf dem Flur warten. Als sie schließlich herauskamen, sah Evi viel blasser aus, als sie es ohnehin schon war, und sie hatte ganz sicher geweint. Ohne ein weiteres Wort gingen wir zum Ausgang, als ich es mir plötzlich anders überlegte, kehrtmachte und zurück zum Zimmer des Arztes lief, die Tür stand noch offen. Er saß über den Schreibtisch gebeugt und sah überrascht auf, als ich so einfach hereinstürmte. Ich wollte etwas sagen, dass sie Evis Bein nicht amputieren dürften, dass sie sich etwas anderes einfallen lassen müssten, etwas Besseres, aber es ging nicht, ich konnte nur ein paar unzusammenhängende Sätze stammeln. Voller Mitleid schaute er mich an.

»Es tut mir leid für deine Schwester«, fiel er mir ins Wort, »ich wünschte, ich könnte etwas anderes tun, aber das geht leider nicht.«

»Aber Sie müssen etwas anderes tun!«, piepste ich.

»Es tut mir wirklich leid«, sagte er noch einmal, »aber ich muss jetzt gehen, der nächste Patient wartet.« Er zeigte in Richtung der Tür, seine Absicht war klar, ich sollte nicht länger herumjammern und gehen. Ich sah meine Mutter auf dem Flur stehen, sie war unschlüssig, ob auch sie hereinkommen sollte. Und während der Arzt seinen weißen Kittel anzog, sagte er, er wisse, wie ich mich fühle, denn er habe auch eine Tochter etwa in Evis Alter.

Warum hat er das gesagt?

Was hatte seine Tochter denn damit zu tun?

Ich hatte es überhaupt nicht geplant, aber ich spuckte ihm mitten ins Gesicht und rannte dann weg, aus dem Zimmer, an meiner erschrockenen Mutter vorbei, den Flur hinauf. Ich weiß noch, dass ich so laut, wie ich konnte, schrie, dass ich ihm wünschte, seine Scheißtochter würde ebenfalls Krebs kriegen.

»Sie tun, was sie können«, sagte meine Mutter später, als ich mich wieder etwas beruhigt hatte.

»Ja, aber das ist nicht genug«, schluchzte ich.

»Nein, das ist nicht genug.«

Am nächsten Tag habe ich mich bei dem Arzt entschuldigt, denn meine Mutter hatte natürlich recht, sie tun, was sie können. Es ist nicht die Schuld des Arztes oder des Krankenhauses oder von wem oder was auch immer. Niemand ist schuld, denn niemand hat etwas getan, und man muss den Ärzten sogar dankbar sein, denn sie tun, was sie können. Es stimmt alles, und doch ist es irgendwie verkehrt.

Vor zwanzig Jahren waren Amputationen noch ganz alltäglich, aber seither hat die Medizin große Fortschritte gemacht, die Wahrscheinlichkeit, dass ein Bein amputiert werden muss, ist minimal. So was habe ich im Internet gelesen. Aber auch die Chance, den Jackpot zu knacken, ist minimal, doch Leute gewinnen ihn trotzdem. Und eigentlich hat sich seit dem Mittelalter nicht viel geändert, nur sägt man einem heute das Bein mit einer Hightech-Säge ab anstatt mit einer rostigen alten.

Wenn Evi zehn Jahre später geboren wäre, hätte

man ihr Bein vielleicht retten können. Die medizinische Wissenschaft macht immer weiter Fortschritte, in zehn Jahren können sie mehr als jetzt, und in zwanzig Jahren sowieso. Dieser Gedanke ging mir nicht mehr aus dem Kopf.

*

Als ich ungefähr sieben Jahre alt war, hatten unsere Nachbarn einen Hund, einen Collie mit dem wenig originellen Namen Lassie. Und eines Tages rannte Lassie zwischen zwei geparkten Autos hindurch, auf die Straße, gerade, als ein Lieferwagen vorbeifuhr, und kabumm! Der Hund überlebte den Unfall, aber sein linkes Hinterbein hing nur noch so in der Gegend herum. Anfangs konnte das arme Tier kaum noch laufen, es stolperte nur hin und her und fiel dauernd um. Doch langsam ging es besser, Lassie wurde immer geschickter, und nach einer Weile konnte er auf seinen drei guten Beinen fast genauso schnell rennen wie zuvor auf vier.

Das habe ich Evi gesagt. Nur um überhaupt was zu sagen.

Was hätte ich ihr sonst sagen sollen?

Evi würde eine Prothese bekommen. Ein falsches Bein. Und im Krankenhaus meinten sie, dass man damit sehr gut laufen lernen kann, vor allem, wenn man noch jung ist. Und außerdem mache man bei Prothesen immer weitere Fortschritte und sie würden immer besser, aber das war nichts für Evis Ohren. Jedenfalls nicht in diesem Moment. In den Tagen vor der Amputation lag Evi hauptsächlich auf der Couch, sah fern und sagte wenig oder nichts. Sie war völlig in sich gekehrt, und ich konnte nur ahnen, was in ihrem Kopf vorging. Aber am Abend vor der Amputation lag Evi mit drei anderen in einem Zimmer im Krankenhaus, da ließ sie etwas durchschimmern. Ich saß neben ihr auf dem Bett, und wir sahen uns einen Zeichentrickfilm auf dem Bildschirm schräg über uns an, als ich hörte, wie sie etwas in sich hineinmurmelte, sie bemerkte es selbst nicht einmal.

»Was hast du gesagt?«, fragte ich.

Sie tat, als hätte sie mich nicht gehört.

»Was hast du gesagt?«, fragte ich noch einmal.

»Nichts.«

»Doch. Du hast was gesagt. Was hast du gesagt?«

Dann drehte sich Evi zu mir um und sah mir direkt in die Augen.

»Ich werde ein Freak.«

»Ein Freak?«

»Ja, ein Freak. Ein Freak mit einem Bein.«

»Du wirst überhaupt kein Freak.«

»Und doch werde ich ein Freak.«

Dann drehte sie sich wieder um und zog sich die Decke über den Kopf. Sie wollte mit sich allein unglücklich sein. Am nächsten Morgen in aller Frühe rollten sie Evi in den Operationssaal, wir gingen mit, bis sie hinter einer Pendeltür unseren Blicken entschwand. Soweit ich das beurteilen konnte, hielt sie sich tapfer.

*

In Südafrika lebt Oscar Pistorius, der Bladerunner, ein Mann, der statt Beinen Karbonfedern unter dem Rumpf hat, Blades, und mit denen ist er einmal die hundert Meter in 10,91 Sekunden gesprintet. Er ist eine echte Berühmtheit geworden, vor allem seit der Verdacht besteht, dass er in der Nacht des Valentintags seine Freundin zu Hause ermordet hat. Er war von einem Geräusch im Badezimmer wach geworden, vermutete, dass es ein Einbrecher wäre, oder behauptet es zumindest, nahm die Pistole aus dem Nachtschränkchen, kroch aus dem Bett und schoss viermal durch die Badezimmertür. Aber es war kein Einbrecher, es war seine Freundin.

Im Fernsehen sah ich eine Frau ohne Arme, die einen Roboterarm mit ihren Gedanken über einen Computerchip im Kopf steuern konnte. Sie ließ den Arm einen Becher vom Tisch nehmen, dann einen Teller, ein Schüsselchen und schließlich sogar einen Apfel. Im selben Dokumentarfilm sah ich einen Mann, der mit seinen Gedanken über das Internet einen Roboterarm steuerte, der zweitausend Meilen entfernt in einem anderen Labor auf einem anderen Kontinent stand. Irgendwo in Russland hat jemand einen Plan ausgearbeitet, wie man das Gehirn vom Körper separieren könnte. Er will das Gehirn, funktionstüchtig und gut beisammen, an einem sicheren Ort aufbewahren, und der Körper wird von einem Roboter ersetzt, und wenn ein Teil kaputt ist oder einem nicht mehr gefällt, kauft man einfach eine neue, bessere Version. Man wird zum Avatar, aber nicht zum virtuellen, sondern zum echten.

Evis linkes Bein wurde amputiert, und als ich den Stumpf zum ersten Mal sah, musste ich erstmal schlucken. Die Krankenschwestern hatten den Verband abgenommen, um die Wunde sauberzumachen. Von ihrem Oberschenkel war vielleicht nur noch ein Drittel übrig, das Ende war knallrot und geschwollen, es sah aus wie eine Art Blob.

»Und?«, fragte Evi, »wie findest du's?«

Sie piekste ihren Finger hinein.

»Tut das weh?«, fragte ich.

Sie zuckte mit den Schultern.

»Es juckt vor allem.«

Evi war in diesen ersten Tagen erstaunlich ruhig. Wahrscheinlich dank der vielen Pillen, die man sie schlucken ließ.

Überall im Haus montierten wir Griffe, an denen sie sich festhalten konnte. In ihrem Zimmer, im Bad, in der Küche, im Wohnzimmer, den Flur entlang, die Treppe hinauf und sogar im Garten. Wir hatten ganze

Routen abgesteckt, und Evi dirigierte uns mit ihren Anweisungen: Ein bisschen mehr nach links oder rechts, höher oder tiefer. Denn sie wollte sich so schnell wie möglich wieder selbständig durch das Haus fortbewegen können und vor allem nicht auf die Hilfe anderer angewiesen sein. Reha, wieder laufen lernen, wir hatten ihr eine metallisch-violette Hightech-Prothese gekauft, und als ich Evi zum ersten Mal im Turnsaal des Physiotherapeuten damit trainieren sah, musste ich an die Stangentänzerin von *Planet Terror* denken. Ein Zombie hatte der ein Bein abgebissen, und statt einer normalen Prothese bekommt sie ein Maschinengewehr druntergebunden, und damit ballert sie einen Bad-Guy-Zombie nach dem anderen weg, es ist wahnsinnig cool. Evi sagte, dass eine solche Prothese ein ziemlich komisches Ding sei, weil man zwar eine Art Bein hat, aber eins ohne jegliches Gefühl. Als ob man Kaugummi kaut, während der Zahnarzt einem gerade den Mund betäubt hat. Auf jeden Fall war es fantastisch, wie Evi mit all dem umging, als hätte sie gleich nach der Amputation im Kopf einen Schalter umgelegt, und ich verstehe noch immer nicht, wie sie das so schnell geschafft hat, ich hätte das nicht hingekriegt. Jedenfalls habe ich das Wort Freak nie wieder aus ihrem Mund gehört. Sie ging wieder zur Schule, meine Mutter oder mein Vater brachten sie jeden Tag, und wenn sie lange Hosen trug, wäre es wahrscheinlich niemanden aufgefallen, dass sie eine Prothese hatte.

In der Zwischenzeit war ich bereits in der zweiten Klasse des Gymnasiums, meine Noten waren gut genug, meine Noten waren nie das Problem. Auch da verfolgte ich die gleiche Strategie wie in den letzten anderthalb Jahren in der Grundstufe: meine Arbeit ordentlich erledigen, mich im Hintergrund halten und niemandem einen Grund geben, sich genauer mit mir zu befassen. Hilfreich war, dass fast alle in der Klasse neu waren und erst noch ihren Platz finden mussten, was das angeht, hatte ich vielleicht einen Vorsprung, denn für mich war es nicht der erste »Neustart« meines Lebens, sondern der zweite in knapp zwei Jahren. Ich begann, Gitarre zu spielen, dank meines Opas, der jetzt achtundsiebzig Jahre alt ist und noch immer mit »Kram« handelt, wie er es selbst nennt. Er kauft Reste auf, Hausrat aus Konkursen und Häusern, die geräumt werden müssen, so was. Und das kann alles sein: Mikrowellen, Stereoanlagen, Tische, Blumentöpfe, Seife postenweise, es ist ihm egal, er lagert alles in seinem Schuppen und verkauft es jedem, der's haben will, er ist zu einer echten Autorität auf seinem Gebiet geworden. Ab und zu ruft er mich an und fragt, ob ich kommen und ihm helfen könne. Dinge ausladen, Sachen woanders hinstellen, schleppen, solche Arbeiten. Und eines Tages war eine Gitarre dabei, es stellte sich heraus, dass es eine echte Takamine war, aber das sagte mir damals noch nichts. Ich nahm die Gitarre aus ihrer Hülle, ich hatte noch nie eine in den

Händen gehabt, und strich mit den Fingern über die Saiten.

»Willst du sie haben?«, fragte Opa, der aus einem gewissen Abstand zusah.

»Haben?«

»Nimm sie nur. Als Lohn für heute.«

So also bin ich zu meiner Gitarre und einem neuen Hobby gekommen. Ich habe mit Tutorials auf YouTube geübt, oft sah ich mir Filme eines gewissen Justin und eines anderen Jungen an, dessen Namen ich nicht weiß, wahrscheinlich ein Deutscher, denn er spricht Englisch mit deutschem Akzent. Er spielt auch auf einer Takamine, und manchmal liegt ein Hund neben ihm auf der Couch und pennt, während er erklärt. Ich übte wie ein Irrer, jeden Tag, meistens in meinem Zimmer, auf meinem Bett, halb nach hinten gelehnt, mit einem Kissen im Rücken. Und es war das erste Mal, dass ich die Kuppe meines linken kleinen Fingers wirklich vermisst habe. Manchmal saß Evi mit ihrem einen Bein in meinem Zimmer, las ein Buch oder scrollte auf dem iPad herum, während ich endlos die gleichen Licks und Tonfolgen spielte.

*

Ich weiß noch, dass ich mich ziemlich erschrak, als ich Gregory das erste Mal durch einen der Flure laufen sah, einsam und alleine. Ich war auf dem Weg zur Biologiestunde, und Gregory, der erst seit ein paar Tagen an unserer Schule war, kam mir von der anderen Seite entgegen, und ich konnte nicht anders, als sein entstelltes Gesicht anzustarren; er schien geradewegs einem Gruselkabinett entsprungen zu sein. Und ich war nicht der Einzige, der das tat, fast alle Köpfe drehten sich automatisch in Gregorys Richtung, wenn er irgendwo langging. Ich sah, wie Finger auf ihn gerichtet wurden, und ich fühlte mich immer erbärmlich, wenn das passierte. Das Traurigste von allem war vielleicht, dass es auf den ersten Blick so schien, als würde es Gregory nicht einmal stören, vielleicht, weil er sich im Laufe der Zeit daran gewöhnt hatte, dass die Leute ihn anstarrten und mit dem Finger auf ihn zeigten.

Eines Tages hatte ich mich an den Tisch in der Kantine gesetzt, ein bisschen weiter weg saß Gregory, ebenfalls allein. Ich überlegte, ob ich mich vielleicht zu ihm setzen und ein Gespräch mit ihm anfangen sollte. Aber gleichzeitig legte ich mir schon alle möglichen Ausreden zurecht, um das unter keinen Umständen zu tun. Denn es würde nur aus Mitleid geschehen, und das kann keiner wollen, nicht einmal Gregory. Außerdem hätte ich auch nicht gewusst, worüber ich mit ihm hätte reden sollen, wenn ich dann einmal bei ihm sitzen würde, es wäre also nur auf ein unangenehmes und erzwungenes Gespräch hinausgelaufen. Aber was mir vielleicht am meisten Angst gemacht hat, war, dass

Gregory mich mangels Besserem als Freund betrachten könnte, und das war das Letzte, was ich wollte. Also blieb ich sitzen, aß meine Butterbrote, linste hin und wieder zu Gregory hinüber und fühlte mich elend und miserabel. Als ich mich gerade verdrücken wollte, sah ich, wie ein Mädchen ein paar Tische entfernt aufstand und zu Gregory ging, der verblüfft aufschaute, als sie plötzlich vor ihm stand. Sie wechselten ein paar Worte, Gregory nickte, sprang auf, packte seine Sachen und ging hinter dem Mädchen her zum Tisch mit ihren Freunden. Dort schüttelte er jedem die Hand und setzte sich auf einen Stuhl, den sie herangeschoben hatte, mir schossen fast die Tränen in die Augen, als ich das sah. Denn dieses Mädchen hatte genau das gemacht, was jeder hätte tun sollen, aber eben nicht tat. Wie ich und alle anderen.

Ich glaube, Gregory weiß nicht, dass meine erste Klopperei seit Ewigkeiten mit ihm zusammenhing. Denn obwohl die meisten Schüler auf dieser Schule okay waren, gab es doch auch einige, die in Gregory ein ideales Opfer zum Schikanieren sahen, sie nannten ihn zum Beispiel immer »den Ork«. Eines Tages sah ich zwei Jungs bei Gregorys Schließfach stehen, und als ich später wieder vorbeikam, hatten sie ein Bild von einem Gremlin drangeklebt, das sie aus dem Internet gefischt hatten. Ich riss es ab und warf es weg.

Am Nachmittag kamen dieselben zwei Jungs auf

dem Schulhof direkt auf mich zu, zusammen mit einem dritten, und einer von ihnen, der größte, stieß angeblich aus reinem Zufall mit mir zusammen. Anscheinend wussten sie, was ich getan hatte.

»Entschuldigung, ich habe dich nicht gesehen.«

Und das wurde dann die Schlägerei, nach der meine Mutter Henry einschaltete. Es ist merkwürdig, wenn man bedenkt, dass das Leben meist eine Aneinanderreihung von Zufällen ist. Denn ohne Gregory kein Henry, und ohne Henry keine Polly, und ohne Polly wäre alles ganz anders gekommen.

*

Hätte ich den Bach bloß nie gefunden, und vielleicht hat der Bach nicht gefunden werden wollen, denn er lag tief im Wald versteckt, der nicht weit von unserem Haus beginnt. Es führt kein Weg dorthin, und das Wasser ist von meterhohen Rhododendren umgeben, die wie eine Mauer drum herumstehen, und außerhalb dieser Mauer ist das Wasser nur schwer zu erkennen.

Aber ich fand den Bach trotzdem, weil ich oft durch die nahegelegenen Wälder strolchte, allein, draußen in der Natur, manchmal sah ich ein Reh oder einen streunenden Fuchs. Meist stromerte ich nur ziellos durch die Gegend, lief um des Laufens willen und um von zu Hause weg zu sein. Ich fand es immer klasse. Manchmal verließ ich schon früh morgens das Haus und kam erst spät am Abend zurück. Evi war wegen ihres Beines immer eifersüchtig, wenn ich das tat.

»Du kannst wenigstens einfach weg«, sagte sie dann.

Ich hätte gerne einen Hund dabeigehabt, aber meine Mutter fürchtet sich vor Hunden, wenn sie einen sieht, macht sie immer einen großen Bogen. Als Kind ist sie einmal von einem Dobermann-Pinscher gebissen worden und hat eine Narbe am Unterarm und ein Trauma davon zurückbehalten. Nach Ansicht meiner Mutter sind alle Hunde falsch. Potenziell jedenfalls.

Eines Tages, als ich durch den Wald spazierte, ragten riesige Rhododendrenbüsche vor mir auf, hoch und breit, wie eine Mauer; ich hatte sie noch nie zuvor gesehen. Es war Juni, der Beginn des Sommers, und die Sträucher standen in voller Blüte, ich musste gleich an Evi denken, denn Evi liebt Blumen, in ihrem Zimmer standen oft Blumen, die sie meist selbst pflückte. Ich schnitt mit dem Taschenmesser einen Ast vom Strauch ab und band ihn vorsichtig am Rucksack fest. Als ich schon weitergehen wollte, hörte ich plötzlich nicht weit entfernt ein Rascheln, und ich sah, wie sich etwas zwischen den Blättern bewegte. Augenblicke später kam ein Wildschwein aus dem Gebüsch, ganz vorsichtig, die Nase in der Luft, Schritt für Schritt; das Tier hatte mich anscheinend nicht gesehen und konnte mich nicht riechen, weil eine leichte Brise in die andere Richtung wehte. Ich wusste, dass es im Wald Wildschweine gab, aber ich hatte noch nie eins gesehen. Dann kamen vier kleine gestreifte Frischlinge aus dem Gebüsch gehopst und jagten fröhlich der Mutter hinterher. Sie scharrten ein bisschen herum, wühlten mit der Nase im Dreck, und als sie mich endlich bemerkten, stiebten sie wie die Irren davon. Dort, wo ich die Tiere aus dem Gebüsch hatte kommen sehen, fand ich eine Art Tunnel, einen Pfad, einen Wildtierpfad, nehme ich mal an, etwas mehr als einen Meter hoch und breit, mitten durch den Rhododendron. Und am Ende des Tunnels sah ich Wasser glitzern.

Der Bach.

Als ich abends wieder zu Hause war, erzählte ich Evi die ganze Geschichte, und sie wollte sofort hin. Es war ein paar Monate nach der Amputation, und ich hielt es für keine gute Idee.

»Das schaffst du nicht«, sagte ich, »das ist viel zu weit.«

Aber damit gab sie sich nicht zufrieden, sie meinte, ihr Physiotherapeut habe gesagt, sie solle viel trainieren, je öfter, desto besser.

»Und wenn es nicht klappt, kannst du mich doch immer noch tragen!«

Sie fand das sehr lustig.

Zwei Tage später sind wir gegangen, mit Prothese und einer Tasche voller Picknickkram. Den größten Teil des Weges lief Evi selbst und stützte sich höchstens ab und zu mal bei mir ab. Nur die letzte Strecke musste ich sie auf den Rücken nehmen. Als wir bei den Rhododendren ankamen, klappte ihr die Kinnlade wegen all der schönen Blumen glatt runter.

»Das sind ja Tausende!«, rutschte es ihr heraus.

Sie machte sofort ein paar Fotos mit ihrem Smartphone, mit denen sie, als wir sie uns später zu Hause ansahen, alles andere als zufrieden war, denn sie hatten keine Tiefenschärfe, meinte sie, es sähe aus, als hätte jemand die Blüten auf einen flachen grünen Hintergrund gekleistert.

Ich zeigte ihr den Tunnel, aus dem ich die Wildschweine hatte kommen sehen.

»Da müssen wir durch.«

»Ein geheimes Tor.«

»Ja. Genau wie im Film.«

Ich musste Evi durchs Gebüsch helfen, weil gebückt laufen zu mühselig ging. Als wir endlich das Wasser erreicht hatten, war Evi noch mehr geplättet als ohnehin schon. Sprachlos sah sie sich um.

»Weißt du, woran ich denken muss?«, fragte sie.

»Na?«

»An den Zauberteich.«

Ich hatte genau den gleichen Gedanken gehabt, als ich den Ort zum ersten Mal erblickte. Bei meinem Großvater im Flur hängt ein Gemälde, das wir früher *Der Zauberteich* genannt haben. Es ist das Bild von einem Bach im Wald bei Vollmond, eingehüllt in einen blauen Nebel und umgeben von Bäumen, Blumen und Farnen. Da ist ein kleiner Wasserfall, es gibt Eichhörnchen und Libellen, eine Eule, und irgendwo im Hintergrund, halb versteckt zwischen den Büschen, einen Bären oder einen Wolf, es ist nicht ganz klar, welches Tier das sein soll. Jedenfalls ein großes Vieh. Und was Evi am meisten fasziniert hat, war die blaue Elfe, die über der Wasseroberfläche schwebte und im Mondlicht halb durchsichtig war. Sie tanzt, und man sieht Kreise, wo der rechte Fuß gerade das Wasser berührt hat. Das Bild gehörte zu einer Konkursmasse, und wenn es auch der reinste Kitsch war, gefiel es meinem Großvater offenbar gut genug, um es zu Hause aufzuhängen. Und manchmal frage ich mich, ob die Ähnlichkeit mit unserem Bach wirklich nur Zufall war, oder ob alle idyllischen Bäche so aussehen, als wenn sie von Bob Ross gemalt wären. Wie auch immer. Rechts von uns, vielleicht zwanzig Meter weiter weg, gab es einen Ministrand, wo wir uns niederließen. Während ich die Decke ausbreitete und die Picknicksachen aus der Tasche nahm, prüfte Evi die Wassertemperatur.

»Ziemlich gut«, sagte sie.

»Bist du verrückt, das Wasser ist eiskalt.«

Ich hatte die Temperatur vorher auch gecheckt und war zu einem ganz anderen Schluss gekommen. Aber im Gegensatz zu Evi bin ich eine große Frostbeule; immer, wenn wir ins Schwimmbad gingen, musste ich mich überwinden, ins Wasser zu springen, manchmal stand ich minutenlang da und zauderte. Damit hatte Evi nie ein Problem.

Wir aßen die Äpfel, Chips und Brötchen und schauten auf das Wasser hinaus. Während wir dort saßen, zeigte Evi auf einen riesigen, seltsam aussehenden Baum. Er war mir auch schon aufgefallen, denn eigentlich waren es zwei Bäume, zwei Eichen, die vor langer Zeit zusammengewachsen sein müssen wie siamesische Zwillinge. Aus dem gemeinsamen Stamm ragte fast waagerecht ein dicker Ast etwa einen Meter über die Wasseroberfläche, er reichte beinahe bis zur Mitte des Baches.

»Glaubst du, dass du da hochklettern kannst?«, fragte Evi.

Er sah stark genug aus.

»Ich denke schon«, antwortete ich.

»Meinst du, dass du von da ins Wasser springen kannst?«

Ich zuckte mit den Schultern.

»Vielleicht.«

Es war nicht schwer, auf den dicken Ast zu kommen, weil ich eine kleine, aus Baumwurzeln gebildete Treppe raufklettern konnte. Darüber befand sich ein zweiter, dünnerer Ast, an dem ich mich festhielt, und ohne allzu große Probleme rutschte ich bis zu dem Punkt, wo sich der dicke Ast wieder in zwei Teile gabelte, eine Art natürlicher Schlusspunkt. Evi winkte vom Ufer her.

»Und? Und? Traust du dich zu springen?«, rief sie mir zu.

Ich schaute hinunter, auf das Wasser unter mir.

»Wenn ich Schwimmsachen dabeihätte, sicher!«, rief ich zurück.

Eine Woche später gingen wir wieder hin, diesmal mit Badezeug und Handtüchern. Evi lief den ganzen Weg bis zum Tunnel allein, und es schien Eichhörnchentag zu sein, denn überall, wo wir hinschauten, sahen wir sie herumspringen, Evi erblickte sie immer zuerst.

»Guck da! Wieder eins! Und da!«

Ich schaue mir das Video an, das Evi von meinem ersten Sprung gemacht hat. Da sitze ich am Ende des Astes, nur in der Badehose, die Beine baumeln herunter. Ich winke Evi zu, die mich vom Ufer aus filmt und etwas ruft, ich kann nicht verstehen, was sie sagt, aber es muss etwas Lustiges gewesen sein, denn ich höre sie lachen. Ich sehe, wie ich nach unten schaue, ins Wasser, und Evi wartet auf den Moment, dass ich endlich springe. Aber es dauert und dauert, langsam wird sie ungeduldig, und sie beginnt, einen Radioreporter zu imitieren, der über die Weltmeisterschaften im Kunstspringen berichtet.

»Und da sitzt Elias also noch immer auf dem Ast, er lässt sein Publikum ziemlich lange warten; wird er es heute noch wagen, oder traut er sich nicht? Vielleicht wasserscheu? Oder zu kalt?«

Es ist sehr lustig, aber ich springe nicht und bleibe am Ende des Astes hocken. Weil Evi recht hatte. Ich hatte Schiss. Nicht wegen der Wassertemperatur, das war nicht das Problem. Aber wegen der Farbe, das Wasser war zwar klar, aber auch dunkel, fast schwarz. Ich hatte Angst, weil ich nicht bis auf den Grund des Baches sehen konnte, und es fühlte sich an, als sollte ich in ein schwarzes Loch springen.

»Was glauben Sie, meine Damen und Herren, wird das heute noch was?«

Evi und ich waren zuvor im Bach geschwommen, vom Strand aus kommt man ganz leicht ins Wasser. Zuerst durch Schlamm und Matsch, aber bald ist es tief genug, um losplanschen zu können. Dann hatte ich das Wasser unter dem Ast untersucht. Ob es tief genug wäre, oder ob es vielleicht was unter der Wasseroberfläche gab, das man von oben nicht erkennen konnte, wie Äste oder Steine. Ganz genau habe ich den Boden abgetastet, aber nichts Besonderes gefunden. Aber als ich nun hier auf dem Ast saß und nach unten blickte, zweifelte ich doch. Aber eins war klar: Ich konnte nicht *nicht* springen. Unmöglich, und sei es nur wegen des Hohns und Spotts, den ich dann über mich ergehen lassen müsste. Dass ich tagelang noch zu hören bekäme, was für ein Schlappschwanz ich sei, da hatte Evi ein Händchen für, so was machte ihr Spaß. Verstand auf null setzen also. Ich sehe, wie ich zögernd in Bewegung komme, und dann geht es schnell, ich stoße mich mit den Händen ab und plauze ins Wasser hinein, alles andere als heldenhaft, eher lächerlich.

»Es ist eine Arschbombe geworden, meine Damen

und Herren, es ist großartig, fantastisch, Applaus bitte, Applaus, Applaus!«

Dann wollte sie auch, das hatte sie unterwegs schon angekündigt.

»Wenn du es machst, will ich auch«, hatte sie gesagt.

Dass ich das für alles andere als eine gute Idee hielt, darüber war mit ihr sowieso nicht zu verhandeln, also zog ich sie auf den Ast hoch, in ihrem Bikini, mit ihrem einen Bein; die Prothese hatte sie am Strand liegen lassen. Der Plan war, dass ich sie auf den Rücken nehmen würde, aber Evi überlegte sich, dass sie sich am Ast über uns lieber wie ein Äffchen vorwärts hangeln würde. Und so machten wir das auch. Schritt für Schritt tastete ich mich über den Ast, und Evi, mit den Händen am Ast über ihrem Kopf, ließ sich hinter mir herschaukeln, und ich hielt sie sicherheitshalber ein bisschen am Arm fest. Es ging alles gut, bis sie auf halber Strecke doch ausrutschte, ich konnte in letzter Sekunde verhindern, dass sie ins Wasser stürzte.

»Siehst du!«, rief ich erschrocken, »wir sollten es sein lassen!«

»Alles in Ordnung!«, antwortete Evi, und sie ignorierte die Schürfwunde an ihrem Oberschenkel, aus der es sogar ein bisschen blutete. Nach einer kurzen und für mich chancenlosen Diskussion kletterten wir weiter. Und als wir dann am Ende des Astes nebeneinandersaßen und die Beine baumeln ließen, schaute mich Evi mit einem fetten Siehstewohl-null-problemo-Grinsen an.

»Du zuerst oder ich?«, fragte ich.

Evi sprang zuerst.

Und dann ich.

Es war ein herrlicher Nachmittag.

Später, auf dem Heimweg, schlug sie vor, dass wir einmal in der Nacht hingehen sollten. Bei Vollmond, um die Waldelfen und Wassernymphen tanzen zu sehen. Denn wenn es Waldelfen und Wassernymphen wirklich gibt, können sie nur an einem Ort wie diesem leben. Und wenn sie tanzen, werden sie das am liebsten bei Vollmond machen, das weiß schließlich jeder.

»Ja, gute Idee, das machen wir«, sagte ich.

»Hat der Ort eigentlich einen Namen?«, fragte sie dann.

Ich hatte mich nie drum gekümmert, wir hatten den Bach bisher immer »den Bach« oder »das Bächlein« genannt. Und ich fragte mich, ob überhaupt jemand wusste, dass er existierte. Denn wir sahen selten jemanden im Wald, ganz sporadisch kam man vielleicht mal einem Wanderer entgegen, aber nie hier in dieser Gegend.

»Dann taufen wir ihn doch *Elias' Creek*«, schlug Evi vor.

Mir zu Ehren. Weil ich ihn entdeckt hatte. Oder vielleicht aus Spaß; bei Evi kann man da nie sicher sein.

Ein anderer Film, ebenfalls vom Bach, aber ungefähr zwei Jahre später. Evi und Polly klettern ganz bis zum

Ende über den Ast, Polly vorneweg und Evi als vollendeter Klammeraffe hinterher. Sie winken mir fröhlich zu, sie lachen, schauen einen Moment lang nach unten, und dann sehen sie sich an. Kichernd und ohne jeden Zweifel.

»Drei, zwei, eins.«

Platsch, rein ins dunkle Wasser.

Sie schwimmen und ziehen Kreise umeinander, Sonnenstrahlen reflektieren auf dem Wasser. Dann kommen sie auf mich zu, bis zum Ministrand, wo ich mit der Kamera stehe. Durch den Schlamm aus dem Wasser, Evi stützt sich auf Polly, sie sind vollkommen mit Schlamm verschmiert. *The Swamp Things*. Schlammwesen.

Polly

Ich hatte sie noch nie zuvor gesehen, als sie mich auf der Straße ansprach. Sie kam nicht von hier, sie war erst vor zwei Wochen mit ihrer Mutter hierhergezogen. Sie trug eine Levi's und ein gelbes T-Shirt mit schwarzem Peace-Zeichen. Um ihren Hals baumelten Kopfhörer, und sie fragte mich, ob ich wüsste, wo der Supermarkt sei, der doch hier irgendwo in der Nähe sein sollte. Ich habe gelogen, dass ich zufällig auch dorthin müsste und war über mich selbst erstaunt.

Polly also.

»Was hörst du?«, fragte ich, als wir Richtung Supermarkt liefen.

»Blood Red Shoes.«

»Okay.«

»Kennst du die?«

Ich kannte die Blood Red Shoes, ein Mädchen an der Gitarre und ein Junge am Schlagzeug, sie kommen aus England und spielen einen Mix aus Grunge und Indie. Was ich von ihnen gehört hatte, gefiel mir.

»Weißt du, warum sie Blood Red Shoes heißen?«, fragte sie.

Ich wusste es nicht.

»Weil Ginger Rogers während eines Vorspiels für

eine Filmrolle in einem Musical mit Fred Astaire so fanatisch getanzt hat, dass ihre Füße zu bluten begannen. Danach haben sie sich benannt.«

Das hatte sie irgendwo im Internet gelesen.

Wir gingen weiter, und Polly fragte alles Mögliche über unsere Gegend, und ich sagte ihr alles, was ich wusste, was nicht allzu viel war, denn das hier ist eine Gegend wie die meisten anderen auch. Normale Häuser, nicht zu groß, nicht zu klein, Gärten, Auto vor der Tür, manchmal zwei, und es passiert wenig bis nichts. Jedenfalls nichts, was man sehen könnte. Polly sagte, dass sie am kommenden Montag zum ersten Mal in ihre neue Schule gehen würde, es war eine andere Schule als die, die ich besuchte, und es war auch nur für ein paar Wochen, denn die Sommerferien standen vor der Tür. Als wir am Supermarkt ankamen, fragte sie, ob sie mir was zu trinken mitbringen solle. Ich wollte eine Cola und wartete draußen auf der Mauer, während Polly einkaufen ging. Eine Viertelstunde später setzte sie sich neben mich und gab mir eine Dose, für sich selbst hatte sie Orangensaft gekauft. Wir aßen eine Tüte Chips leer, und sie erzählte mir, dass ihre Mutter eine Stelle als Zahnärztin gefunden hatte und dass sie deshalb hierhergezogen waren.

»Hat dich das nicht gestört?«, fragte ich.

»Was?«

»Dass du umziehen musstest.«

»Am Anfang schon, aber jetzt nicht mehr, weil es da,

wo ich herkomme, eigentlich nicht so toll war, aber das habe ich erst jetzt begriffen.«

Ich sah sie fragend an, sie zuckte mit den Schultern und sprang von der Mauer.

»Ich muss nach Hause, Kisten auspacken und so was.«

Denn fast alle ihre Sachen seien noch eingepackt, und es gäbe eine Menge Dinge im Haus zu erledigen. Ich glaube nicht, dass ich mich getraut hätte, sie von mir aus zu fragen, aber plötzlich holte sie einen schwarzen Füller aus dem Rucksack, schrieb ihren Namen auf ein Stück Papier und darunter ihre Telefonnummer. In einer schönen und graziösen Handschrift, mit türkisfarbener Tinte.

Polly war fünfzehn, ein Jahr jünger als ich.

Am Abend, als ich auf meinem Bett saß und versuchte zu lesen, kam Evi herein; sie hatte sofort etwas spitzgekriegt.

»Was ist?«, fragte sie.

»Wieso?«

Sie zuckte die Schultern.

»Weiß nicht, du bist so komisch.«

»Komisch?«

»Ja, als ob was ist.«

Sie kam ganz nahe an mich heran, beugte sich herab und sah mir direkt in die Augen, sehr ernst.

»Was?«, sagte ich verwirrt.

»Nichts.«

Sie musste lachen, und ich versuchte weiterzulesen, als wäre nichts, obwohl der Zettel mit Pollys Telefonnummer schon den ganzen Tag in meiner Hosentasche gebrannt hatte, ich hatte ihn zigmal angeschaut, die Zahlen und Buchstaben, handgeschrieben, sie tanzten vor meinen Augen, und ich wusste nicht so recht, was ich davon halten sollte. Als Evi am nächsten Morgen in die Küche kam, sagte sie es wieder.

»Da ist was, ich seh's dir an.«

Anscheinend hing es in der Luft, und sie konnte es riechen. Aber im Nachhinein überrascht mich das nicht sonderlich, denn Evi bemerkte oft Dinge, lange bevor mir etwas auffiel.

*

Heute Abend habe ich Evi aus *Alice im Wunderland* vorgelesen. Ich lese ihr fast jeden Abend vor, es ist wieder zu dem festen Ritual geworden, das es früher war, einschließlich der Tasse Tee, die sie dazu trinkt. Aus einer Schnabeltasse, damit sie nicht kleckert, Minztee ist ihr Lieblingstee. Wir hatten mal eine Liste der Bücher zusammengestellt, die ich ihr im Laufe der Jahre vorgelesen habe, wir kamen, soweit wir uns erinnern konnten, auf achtundzwanzig, und *Alice* steht ganz oben. Evi liebt verträumte, märchenhafte Geschichten, auf Realismus kommt es ihr weniger an. Ich habe sie ein wenig eingemummelt und angefangen, von dem

Mädchen zu lesen, das an einem schönen Sommertag mit der älteren Schwester irgendwo in England am Ufer eines Flüsschens sitzt, als plötzlich ein nervöses weißes Kaninchen mit einer Uhr in der Hand vorbeischießt, Alice sieht das Tier gerade noch in einem Bau verschwinden. Sie rennt hinterher und fällt in einer Art Zeitlupe in ein endlos tiefes Loch, tiefer und tiefer, an Bücherschränken vorbei, vollgestopft mit Büchern, von denen sie einige Titel entziffern kann, und schließlich landet sie auf einem Berg mit Zweigen und Blättern. Und da geht das Abenteuer erst richtig los.

Evi nahm ab und zu einen Schluck von ihrem Tee, ihre Augen wurden schwerer und fielen schließlich zu, ich glaube, sie schlief schon, als Alice das Fläschchen mit dem Etikett »Trink mich« fand. Aber ich las weiter, als wäre sie noch wach, ich konnte einfach nicht aufhören. Und Alice wurde klein und dann wieder groß, sie schwamm in einem See voller Tränen, sie sprach mit Mäusen und Dodos, und erst als ihr Hals so lang wurde, dass ein Vogel sie für eine Schlange hielt, die ihre Eier fressen wollte, klappte ich das Buch zu, legte es auf das Nachttischchen und schaltete die Nachttischlampe aus. Ich gab Evi einen Kuss auf die Stirn und ging nach unten ins Wohnzimmer. Meine Mutter und mein Vater saßen auf der Couch und sahen sich im Fernsehen einen Thriller an. Ich setzte mich zu ihnen und schaute mit.

»Du bist so unruhig«, sagte meine Mutter.

Sie hatte recht, ich rutschte die ganze Zeit nervös auf meinem Platz hin und her, konnte nur mit Mühe stillsitzen.

»Ich hole mir was zu trinken, soll ich jemandem was mitbringen?«

Meine Stimme klang anders als sonst. Höher. Ich schaute meine Mutter an.

»Tee vielleicht?«

Sie trinkt gerne Tee kurz vor dem Schlafengehen, genau wie Evi.

»Das ist lieb.«

Ich kam mit dem Tee für meine Mutter und Wasser für meinen Vater und mich zurück. Noch bevor der Film zu Ende war, stand meine Mutter auf und sagte, sie sei müde und wolle schlafen gehen, ich hatte sie schon ein paar Mal gähnen sehen. Ich blickte ihr hinterher, wie sie in den Flur lief und dann die Treppe hinaufging. Mein Vater blieb noch etwas länger, schaffte es aber auch nicht bis zum Ende des Films, und schlappte aus dem Wohnzimmer.

»Gute Nacht, Elias.«

»Gute Nacht, Papa.«

Oben hörte ich ihn ein wenig hin- und herschlurfen, zuerst im Bad und dann im Schlafzimmer. Dann hörte ich nichts mehr. Ich zappte noch eine Weile durch die Sender, aber alles flimmerte an mir vorbei, und die Minuten schlichen wie Schnecken an mir vorüber. Gegen Mitternacht schaltete ich den Fernseher aus und ging in den Keller. Und das ist jetzt etwa viereinhalb Stunden her.

*

Polly spukte mir tagelang im Kopf herum, und ein paar Mal war ich kurz davor, sie anzurufen, hatte schon die Telefonnummer eingetippt, aber auf die grüne Taste zu drücken, traute ich mich dann doch nicht. Sie würde ja wohl kaum auf einen Anruf von mir warten, denn es war sicher nichts weiter als eine seltsame Laune gewesen, dass sie Namen und Telefonnummer auf das Stück Papier geschrieben hatte.

»Ich rufe dich an«, hatte ich voller Überzeugung behauptet, als wir uns an der Supermarktmauer verabschiedeten. Aber einen Tag später schon war mir das Herz in die Hose gerutscht. Als ich am nächsten Donnerstagnachmittag bei Henry auf der Couch saß und immer noch nicht angerufen hatte, war es genau wie bei Evi ein paar Tage zuvor.

»Ist was, Elias?«, war so ziemlich das Erste, was er fragte, als stünde Pollys Name in Riesenlettern auf meiner Stirn geschrieben.

»Nein, wieso?«

»Nichts. Es ist nur … Einfach so.«

Aber anstatt über etwas anderes zu sprechen, schaute er mich weiterhin aufmerksam an, ohne noch etwas zu sagen, wie es auch Evi getan hatte, bloß fühlte es sich noch viel unangenehmer an. Später erklärte mir Henry, dies sei vielleicht der älteste Trick der Welt: Man schaut jemandem, ohne ein Wort zu sagen, so lange und so fest in die Augen, bis es der andere nicht mehr aushält.

»Die meisten Menschen können das nicht ab«, sagte Henry, »dann fangen sie von ganz alleine an zu reden, weil sie eigentlich am liebsten reden möchten, selbst wenn sie es nicht wahrhaben wollen.«

Ich also auch.

»Ich habe ein Mädchen kennengelernt«, sagte ich, um das Schweigen zu brechen.

Er reagierte sofort, nicht überrascht, sondern erfreut.

»Tatsächlich? Wie schön!«

Ich erzählte, wie Polly mich auf der Straße angesprochen hatte, dass wir zusammen zum Supermarkt gegangen waren, dass wir auf der Mauer gesessen und Cola und Orangensaft getrunken hatten, Chips gegessen, und dass es prima gewesen war.

»Wie schön!«, sagte Henry noch einmal.

Es fühlte sich gut an, von Polly zu reden, ich erzählte, sie habe mir ihre Telefonnummer gegeben.

»Tatsächlich?«

Ich zeigte Henry den Zettel.

»Mit Füller geschrieben«, sagte er, es war ihm sofort aufgefallen, weil er selbst auch mit Füller schreibt.

»Schöne Handschrift«, fuhr er fort und sah sich den Zettel mit ausgestrecktem Arm an, weil er keine Lesebrille aufhatte.

»Und? Hast du sie angerufen?«

Ich schüttelte den Kopf.

»Warum nicht?«

Ich zuckte die Schultern.

»Meinst du, dass sie dich nett fand?«

Keine Ahnung. Wahrscheinlich nicht.

»Wenn sie dich nicht nett gefunden hätte, oder zumindest liebenswürdig, dann hätte sie dir doch ihre Telefonnummer nicht gegeben. Oder?«

Das klang logisch, und daran hatte ich natürlich auch schon gedacht. Dass sie mich an diesem Nachmittag nett fand oder wenigstens liebenswürdig.

Also, warum hätte ich dann noch nicht angerufen?

Mir fiel nichts Besseres ein, als dass unser Treffen, das nun schon wieder eine Woche her war, etwas Einmaliges gewesen sein musste, eine Ausnahme von der Regel und deshalb nicht wiederholbar. Auf der Mauer beim Supermarkt wäre ich jemand anderes gewesen, sagte ich, netter und besserer. So jedenfalls fühlte ich mich. Netter und besser.

»Aber du willst sie doch wiedersehen«, fiel mir Henry ins Wort. Ich sagte, ich wüsste nicht, was ich Polly hätte sagen sollen, wenn sie denn ans Telefon ginge. Weil Reden mir nicht so leicht fällt, nicht im Allgemeinen und erst recht nicht am Telefon.

Henry musste lachen. Kinderkram, sagte er.

»Ruf sie an, lad sie ins Kino ein, das passt doch zu dir, und dann musst du auch nicht gleich so viel reden.

Die erste Verabredung mit meiner Frau war auch im Kino. *Susan … verzweifelt gesucht,* der Film mit Madonna. »Kennst du den?«

Natürlich kannte ich *Susan … verzweifelt gesucht,* und so wie Henry es erzählte, klang es wie ein Witz, denn es ist ganz gewiss nicht die Sorte Film, auf die er fliegt.

»Ich weiß, es war mehr für den Anlass«, rechtfertigte er sich.

Es war eines der wenigen Male, dass Henry von seiner Frau erzählte, denn er hält Arbeit und Privatleben strikt getrennt. Ich weiß, dass sie Suzan heißt, dass sie zwei Kinder haben, zwei Mädchen, Chloé und Zaza, sie müssten jetzt an die sechs und acht sein. Manchmal hörte ich sie in einem anderen Raum reden, weil Henry seine Praxis bei sich zu Hause hat. Eigentlich weiß ich nicht so viel über Henry, aber er weiß alles über mich. Jedenfalls eine Menge.

Wie auch immer, ich habe Polly nicht angerufen, aber ich wusste, wo sie wohnte, wenigstens so ungefähr. Denn als wir an jenem Nachmittag auf der Mauer saßen, hatte sie zwar den Straßennamen, aber nicht die Hausnummer genannt.

*

Am nächsten Nachmittag nach der Schule fuhr ich durch Pollys Straße und schaute mir die Häuser links und rechts an, suchte nach Spuren eines kürzlich stattgefundenen Umzugs. Oder vielleicht würde ich sie zu Fuß oder auf dem Fahrrad erwischen, zum Beispiel auf dem Heimweg von der Schule, und dann liefe es auf eine rein zufällige Begegnung hinaus. Vielleicht saß sie ja auch im Vorgarten, denn es war ein schöner Tag, die Sonne schien und es war warm, es hätte sein können, aber ich sah sie nirgends.

Als ich zum dritten Mal durch die Straße fuhr, hörte ich plötzlich jemanden meinen Namen rufen.

»Hallo, Elias!«

Ich sah mich um.

»Hier!«, die Stimme kam aus einem Haus zu meiner Linken. Ich musste meine Augen mit der Hand abschirmen, weil ich genau in die Sonne blickte. Polly also. Im ersten Stock, sie winkte aus dem offenen Fenster, und mein Herz machte einen Hüpfer.

»Moment, ich komme runter«, rief sie, und weg war sie. Ich blieb mit dem Fahrrad in der Hand zögernd auf dem Bürgersteig stehen. Die Haustür öffnete sich, Polly kam heraus und lief über den Gartenweg auf mich zu.

»Hast du mich gesucht?«

Sie trug eine alte, abgetragene Jeans und ein weißes T-Shirt. Sie war überall mit Farbe bekleckert, ihre Sachen, ihre Hände, Arme und ihr Gesicht, sie hatte sogar Farbe im Haar. Türkis. Sie sah fröhlich aus.

»Ähem … ich bin zufällig hier vorbeigekommen.«

»Dreimal?«

Erwischt. Na prima.

»Hast du die Umzugskisten schon ausgepackt?«, fragte ich, um das Thema zu wechseln.

»Ich streiche gerade mein Zimmer«, sagte sie. Sie fragte mich, ob ich es sehen wolle, und schon lief ich hinter ihr her ins Haus, die Treppe hinauf, alles roch nach Farbe und Terpentin, überall standen Sachen und Kisten herum, und ich weiß noch, dass ich mich in den Arm kniff und gleichzeitig dachte, dass das so ziemlich das Dümmste wäre, was ich tun konnte, denn angenommen, ich würde gerade jetzt aufwachen! Wir betraten ihr Zimmer, sie war etwa zur Hälfte fertig mit dem Streichen.

»Ich mag Türkis«, sagte Polly.

»Schöne Farbe, soll ich dir helfen?«, bot ich an. »Ich habe ein bisschen Zeit.«

Sie gab mir eine Farbbürste, und ich legte los. Polly erzählte mir von ihren ersten Tagen an der neuen Schule, es war okay, aber sie musste sich noch daran gewöhnen. Neue Gesichter, neue Regeln, so was. Tracy Chapman lief, ihr Debütalbum, und während wir strichen, drehte sich mein Kopf ständig in Pollys Richtung. Und ohne dass wir uns zuvor abgesprochen hätten, fanden wir eine Arbeitsteilung. Polly strich mit dem kleinen Pinsel an der Scheuerleiste entlang, um die Steckdosen und Lichtschalter herum. Und ich mit der großen Bürste die großen Flächen dazwischen. Als wir nach etwa anderthalb Stunden fertig waren, betrachteten wir das Ergebnis. Sie war zufrieden, nur war die Farbe etwas dunkler, als sie es sich vorgestellt hatte.

»Ein ganzes Zimmer ist doch was anderes als so ein Farbmuster vom Baumarkt«, sagte sie.

Ich versicherte ihr, dass die Farbe bestimmt noch heller würde, wenn sie erst richtig trocken wäre.

»Das hoffe ich mal.«

Sie zeigte mir den Rest des Hauses und zählte in der Zwischenzeit auf, was noch alles gemacht werden musste, und das war eine ganze Menge, Polly hatte noch nicht einmal ein Bett, sie schlief auf einer Matratze auf dem Fußboden im Wohnzimmer neben ihrer Mutter. Wir tranken draußen im Garten in der Sonne Tee und saßen auf alten, halb vergammelten Gartenstühlen, die der Vorbesitzer zurückgelassen hatte, es schien so, als wäre ich im gleichen Ausnahme-von-der-Regel-Zustand gelandet wie vor ein paar Tagen auf der Mauer am Supermarkt. Netter und besser. Und das war nicht so sehr mein Verdienst, vermute ich. In Pollys Gesellschaft war ich einfach immer netter und besser.

Es war nach sechs, als ein alter Toyota vor dem Haus hielt. Ihre Mutter; sie kam von der Arbeit nach Hause.

»Das ist Elias«, stellte mich Polly vor, »er hat mir beim Zimmerstreichen geholfen.«

Wir schüttelten uns die Hand, und es war unverkennbar, dass Polly ihre Tochter war, sie ähnelten einander nicht nur in physischer Hinsicht, sondern auch in ihrer Ausstrahlung. Auf dem Heimweg war sie noch schnell in einem Baumarkt gewesen, um Farbe und ein paar andere Sachen zu kaufen, weil sie am Abend das Gästezimmer streichen und einen neuen Wasserhahn im Badezimmer anbringen wollte, weil der alte tropfte. Wir trugen alles nach drinnen, und Pollys Mutter fragte, ob ich vielleicht zum Essen bleiben wollte.

»Tiefkühlpizza«, sagte sie halb entschuldigend, weil sie keine Zeit zum Kochen hatte.

Ich schlug das Angebot aus, das erschien mir besser, Polly hatte zwar nicht erkannt, wie uninteressant und langweilig ich in Wirklichkeit war, im Gegenteil, aber ich wollte das Schicksal doch nicht allzu sehr herausfordern. Sie begleitete mich raus auf die Straße, und ich bot ihr an, wiederzukommen und ihr beim Malern zu helfen. Erst als ich schon auf dem Fahrrad saß und im Begriff war, wegzufahren, traute ich mich endlich, die Frage zu stellen, die mir die ganze Zeit auf der Zunge gelegen hatte. Ob sie vielleicht Lust hätte, mit mir mal ins Kino zu gehen.

»Ja, gern«, sagte sie, »in welchen Film gehen wir?«

Darauf hatte ich überhaupt noch keinen Gedanken verschwendet.

*

»Wer ist Polly?«, fragte Evi, als ich ihr von meiner Verabredung erzählte, und ihr Verdacht, dass da »was ist«, bestätigte sich. Ich hatte sonst nie eine Verabredung, schon gar nicht mit einem Mädchen, und also wollte Evi alles wissen, aber ich konnte alle ihre Fragen kaum beantworten.

»Sie ist gerade erst hergezogen«, sagte ich, »ich habe sie erst zweimal getroffen.«

Ich sagte ihr, dass ich ihr beim Zimmerstreichen geholfen hatte.

»Welche Farbe?«

»Türkis.«

»Okay«, sagte Evi zufrieden, anscheinend ließ sie die Farbe durchgehen. Dann wollte sie wissen, wie Polly aussähe, denn Evi war elf, fast zwölf, und sie war immer eifrigst mit ihrem Aussehen beschäftigt. »Schön sein« wurde für sie ein immer wichtigerer Punkt, und vor Kurzem hatte sie Make-up entdeckt.

»Sie sieht ein bisschen aus wie Uma Thurman, nur eine jüngere Version.«

»Uma wer?« Der Name sagte ihr nichts.

»Uma Thurman, eine Schauspielerin, sie spielt in *Pulp Fiction* und *Kill Bill*. Unter anderem.«

»Wer heißt denn Uma?«

Ich finde Uma großartig, und außerdem sieht sie super gut aus. Vor allem in *Kill Bill*, dem ersten Teil, in ihrem gelben Overall, daran musste ich denken, als ich Polly das erste Mal bei ihrer Suche nach dem Supermarkt im gelben T-Shirt mit dem schwarzen Peace-Zeichen drauf sah. Ich habe es ihr einmal gesagt, aber sie hielt es für Unsinn, weil sie selbst überhaupt keine Ähnlichkeit mit Uma feststellen konnte. Oder vielleicht wollte sie auch einfach nicht mit jemand anderem verglichen werden, denn sie hatte wirklich was von Uma. Als Evi einige Bilder im Internet gesucht hatte, meinte sie, ich wolle sie auf den Arm nehmen.

»Ich kann auch nichts dran machen«, habe ich schulterzuckend gesagt, »so sieht sie nun mal so aus.«

Dann war da die Sache mit dem Film. Welcher war der Richtige? Im Filmhaus lief *Die Nacht des Leguan*, ein Klassiker mit Richard Burton und Ava Gardner, den ich gern gesehen hätte. Aber ich war mir unsicher, weil Polly es sicher seltsam finden würde, wenn ich sie in einen Film aus der Mitte des vorigen Jahrhunderts schleppen würde, so gut kannte ich sie nun wieder auch noch nicht. Und deshalb schlug ich vor, in den *Hobbit* zu gehen, den ich auch sehen wollte, und dabei konnte zumindest nichts schiefgehen.

»Ja, machen wir«, schrieb Polly zurück.

Wir kauften Cola, Orangensaft und eine Popcorn-Box, aber an die Geschichte kann ich mich kaum erinnern, es hätte jeder beliebige Film sein können, denn meine Gedanken richteten sich nicht auf die Leinwand vor mir, sondern auf das, was sich so etwa zehn Zentimeter zu meiner Linken abspielte. Wenn ich nicht sehr aufpasste, schwenkte mein Blick automatisch in Pollys Richtung, was so gut wie ständig der Fall war, ich weiß nicht, ob sie es bemerkt hat. Sie trug ein braunes Kleid, das bis knapp übers Knie ging, darunter eine schwarze Strumpfhose, schwarze Boots, ein T-Shirt und darüber eine dunkelgrüne Strickjacke. Ihr Make-up war sehr sorgfältig aufgetragen, sie hatte ihr blondes Haar zum Pferdeschwanz zusammengebunden, und im Flimmerlicht des Films folgte ich der Linie von der Stirn über die Augen, die Nase, den Mund, das Kinn und den Hals weiter nach unten. Ihre Hände ruhten auf den Oberschenkeln, manchmal gefaltet und manchmal nicht. Und wenn sie Popcorn kaute oder einen Schluck von ihrem Saft nahm, machte sie leise Schluckgeräusche. Ich erinnere mich genau, dass ich dem Rhythmus ihrer Atmung folgte, ein und aus, und dann erinnerte ich mich an einen Satz aus *Dead Leaves And The Dirty Ground* von The White Stripes: »*... and every breath that's in your lungs, is a tiny little gift to me*«, mit jedem Atemzug sang ich es in Gedanken mit.

Ein paar Mal berührten wir uns aus Versehen mit den Knien oder Schultern, wenn Polly sich anders hinsetzte. Oder ich. Dann war es, als ob sich alle meine Muskeln zusammenzogen wie im Biologieunterricht das Hinterbein eines toten Froschs unter Strom.

Nach dem Film fuhren wir mit dem Fahrrad zu ihr nach Hause, und auf halber Strecke hielten wir an einem Park an, weil Polly Zigaretten bei sich hatte und wir sie auf einer Bank aufrauchten. Ich brachte sie zur Haustür, sie sagte, sie habe einen schönen Abend gehabt, und ich sagte dasselbe und radelte nach Hause, glücklicher als je zuvor. Eine Woche später gingen wir dann doch in *Die Nacht des Leguans*, und meine Befürchtungen erwiesen sich als völlig unbegründet, als ich Tränen in Pollys Augen erblickte, weil Nonno am Ende des Films starb, kurz nachdem er sein allerletztes Gedicht hatte vollenden können, weil ihm endlich die fehlenden Worte eingefallen waren.

*

An einem Freitagnachmittag saßen meine Mutter, Evi und ich auf dem Heimweg vom Schwimmbad im Auto. Evi ging oft wegen ihres Beines schwimmen, aber vor allem, weil es ihr gefiel, und manchmal kam ich mit.

»Wann kriegen wir Polly denn nun endlich mal zu Gesicht?«, fragte Evi vom Rücksitz.

»Ja, bring sie doch mal mit«, fügte meine Mutter hinzu, die das alles vielleicht noch viel aufregender fand als Evi, aber ihr Bestes tat, um es sich nicht zu sehr anmerken zu lassen.

»Ja. Bring sie mal mit«, fuhr Evi fort. »Gibt es sie eigentlich wirklich? Ich meine, in echt?«

Es war, als ob ihre Bitte sofort erhört worden wäre, denn als meine Mutter das Auto einparken wollte, stand Pollys Fahrrad in der Einfahrt. Völlig überraschend, denn Polly und ich hatten uns an diesem Tag zwar verabredet, aber für später und ganz sicher nicht hier. In der Schule war eine Stunde ausgefallen, und sie hatte geschrieben, dass sie mich zu Hause abholen käme, aber ich hatte ihre Nachricht nicht gesehen. Sie hatte geklingelt, mein Vater hatte ihr die Tür geöffnet und gefragt, ob sie drinnen auf mich warten wollte, er wusste, dass wir schon unterwegs waren, denn meine Mutter hatte ihn kurz vorher aus dem Auto angerufen.

Ich fand Polly mit einem Becher Tee in der Hand auf der Couch im Wohnzimmer, eingeklemmt zwischen einem Wäschekorb zu ihrer Rechten und einem Stapel alter Zeitungen und Zeitschriften links. Auf dem Kaffeetisch stand der Rest des Mittagessens von meinem Vater, und es lagen alle möglichen Sachen in der Gegend herum. Schuhe, Taschen, Kissen, Klamotten, alles Mögliche eben. Nichts Besonderes eigentlich, bei uns zu Hause herrschte immer Chaos, Aufräumen gehörte nicht zu den größten Hobbys meiner Eltern. Es fiel uns auch gar nicht mehr auf, denn wir waren dran gewöhnt. Aber als ich jetzt Polly mittendrin erblickte, schämte ich mich zu Tode. Und meiner Mutter muss es genauso gegangen sein, denn aus dem Augenwinkel konnte ich erkennen, wie sie schnell versuchte, einen ihrer BHs verschwinden zu lassen, der irgendwo in einer Ecke des Zimmers rumflog. Sie stopfte ihn unter den Pullover und fing dann hastig an, mit einer seltsamen Grimasse im Gesicht das Mittagessen von meinem Vater wegzuräumen. Schnell tauchte sie in der Küche ab und kam gleich wieder mit einem nassen Lappen zurück, mit dem sie ungeschickt den Tisch abwischte.

»Sorry.«

Die ganze Zeit über blickte Evi fasziniert aus gewisser Entfernung auf Polly, und Polly beantwortete Evis Blick mit ihrem allerschönsten Lächeln.

»Hallo, du musst Evi sein. Elias hat mir schon viel von dir erzählt.«

»Hallo«, murmelte Evi kaum verständlich.

Evi war verlegen.

Sonst ist Evi eigentlich nie verlegen.

Endlich stellte sich auch meine Mutter mit immer noch der gleichen Grimasse im Gesicht vor. Und so schnell ich konnte, zog ich Polly aus dem Wohnzimmer, aus dem Haus; bloß weg hier.

»Sie sieht wirklich ein bisschen aus wie Uma-wie-heißt-sie-doch-bloß«, sagte Evi später am Abend, kurz vor dem Schlafengehen.

*

Als ich am nächsten Morgen in die Küche kam, saß meine Mutter an einem schön gedeckten Frühstückstisch.

»Guten Morgen, Elias, hast du gut geschlafen?«, fragte sie ungewöhnlich aufgeräumt. Evi saß neben ihr, und mein Vater stand hinter dem Herd und fragte, ob ich ein Ei wollte, ich könne sogar wählen, ob gekocht, gebraten oder pochiert.

Pochiert?

Das war seltsam, wir hatten seit Jahren nicht mehr gemeinsam gefrühstückt; wenn man morgens hungrig war, ging man in die Küche, schnappte sich irgendwas aus dem Kühlschrank und aß es am Küchentisch, im Wohnzimmer oder sonst wo.

»Okay, ein pochiertes Ei für Elias«, sagte mein Vater, als wäre es das Normalste von der Welt. Er schlug das Ei in einer Schüssel auf und goss es vorsichtig in einen Topf mit kochendem Wasser, der auf dem Herd stand. Ich setzte mich Evi gegenüber.

»Papa und ich würden uns wünschen, dass wir wieder öfter zusammen frühstücken, zumindest am Wochenende«, sagte meine Mutter.

»Ja«, stimmte mein Vater hinter dem Herd zu. Er hatte sich eine Schürze umgebunden.

»Wie wir es früher gemacht haben«, fuhr meine Mutter fort.

»Ja«, sagte mein Vater wieder. Dann wurde es still, und ich schaute Evi an, die genauso überrascht schien wie ich.

»Ja«, sagte Evi dann, weil sie diese Art von Schweigen offenbar auch nicht so gut ertrug.

»Ja«, sagte ich dann halt auch. Weil Evi es gesagt hat. Meine Mutter schenkte mir ein Glas Orangensaft ein.

»Vitamin C ist gut für die Abwehrkräfte.«

Als ich nach dem Frühstück wieder auf meinem Zimmer war, erzählte mir Evi, dass sie am Abend zuvor pinkeln gehen musste, als alle schon im Bett lagen. Sie war den Flur hinuntergeschlichen und hatte durch die Schlafzimmertür gehört, wie sich meine Mutter bei meinem Vater beklagte.

»Ich habe mich in Grund und Boden geschämt. Was das Mädchen wohl von uns denken mag!«

Dann müssen sie sich auf etwas geeinigt haben, denn am nächsten Morgen gab es plötzlich Frühstück. Und als ich am Nachmittag von der Schule nach Hause kam, war meine Mutter dabei, die Küche zu schrubben, und im Wohnzimmer war alles aufgeräumt und gestaubsaugt, sie hatte sogar die Fenster geputzt, dass wir wieder mal richtig nach draußen sehen konnten. Das ganze Haus roch nach Seife. Am Abend stellte mein Vater einen enormen Haufen Müllsäcke an den Straßenrand.

Henry kapierte das und erzählte mir, dass seine Eltern auch alle möglichen Kapriolen geschlagen hatten, als er das erste Mal mit einer Freundin nach Hause gekommen war. Sein Vater hatte sich für diesen Anlass sogar in einen Anzug geschmissen. »Sie sind verunsichert, und sie wollen einen guten Eindruck auf Polly machen«, erklärte Henry die Aufräumwut.

»Aber warum dann das Frühstück?«, fragte ich.

»Weil deine Mutter meint, dass es dazu gehört.«

Zwei Wochen später, an einem Samstagmorgen, ich

lag noch im Bett, stand Evi plötzlich im Nachthemd in meinem Zimmer und schaute nach draußen in den Garten.

»Jetzt sind sie völlig übergeschnappt!«, sagte sie kopfschüttelnd.

Ich kroch aus dem Bett, schaute aus dem Fenster und sah, dass meine Eltern im Vorgarten Unkraut aus dem Boden zerrten, und das war ein ambitionierter Plan, denn das Gras stand kniehoch, und alles war von Pflanzen überwuchert, die aus zufällig herangewehten oder von Vögeln mitgeschleppten Samen gesprossen waren. Wir nannten den Garten einfach nur den Dschungel.

»Ja. Völlig verrückt!«, stimmte ich zu, als ich meine Eltern da unten so schwitzen sah. Wir zogen alte Klamotten an und gingen helfen.

*

Mein Vater und ich wechselten uns beim Rasenmähen ab, Bahn für Bahn, es ging ziemlich schwer, und der Rasenmäher, so ein uralter handbetriebener, den man volle Kanne schieben musste, blieb ständig stecken. Aber es klappte, und als wir dann zehn Müllsäcke mit Gras und Unkraut voll hatten, fing meine Mutter an, ein Stück Erde umzugraben, ein Rechteck von etwa zwei mal drei Metern. Nach dem Mittagessen stieg sie ins Auto und fuhr mit Evi zum Gartenzentrum. Dort kaufte sie Dahlien, Margeriten, Veilchen und einige

Säcke mit Gartenerde. Für meinen Vater besorgte sie Thymian, Lorbeer und Basilikum, weil er sich einen Kräutergarten anlegen wollte.

»Es ist ein Anfang«, sagte meine Mutter zufrieden, als wir zu viert am Ende des Nachmittags um das neu angelegte Blumenbeet und den winzigen Kräutergarten herumstanden und die Pflanzen in der frischen braunen Erde betrachteten. Den ganzen Tag herrschte eine seltsame Spannung im Haus, denn Polly wollte vorbeikommen. Sie würde sogar zum Abendessen bleiben.

»Warum lädst du Polly nicht einmal ein?«, hatte nämlich meine Mutter einige Tage zuvor ganz beiläufig gefragt. Es war ungefähr zwei Wochen nach Pollys unangekündigtem Besuch. Ich ging nicht darauf ein, aber meine Mutter bestand darauf, und am nächsten Tag fragte sie wieder, diesmal unterstützt von Evi.

»Ja, warum lädst du Polly nicht mal ein?«

»Ja, schön, ich komme gerne«, appte Polly zurück, als ich es ihr vorschlug.

Wir hatten uns zwischendurch ein paar Mal getroffen, meist im Café, wo wir dann Kaffee tranken. Polly mochte vor allem Latte macchiato, sie fand die braunen und weißen Schichten in einem durchsichtigen Glas so schön. Meine Mutter, Evi und ich waren noch im Garten zugange, während mein Vater in der Küche mit der Zubereitung des Abendessens begonnen hatte, als Polly angeradelt kam. Evi sah sie zuerst, was unvermeidlich war, da sie die Einfahrt die ganze Zeit im Auge behielt.

»Schön, dich wiederzusehen!«, sagte meine Mutter, die sofort auf Polly zuging und sich entschuldigte, dass sie ihre Hand nicht schütteln konnte, weil sie voller Gartenerde war. »Wir haben den ganzen Tag im Garten gearbeitet.«

»Ich seh's«, sagte Polly und musterte den riesigen Haufen Müllsäcke voller Gartenabfälle, der sich neben der Scheune auftürmte, ich schätzte sie auf mittlerweile mehr als fünfzehn. Evi stand da und sagte nichts, sie lächelte verlegen.

»Aber wir sind noch lange nicht fertig«, fuhr meine Mutter fort. »Nächstes Wochenende ist der Garten hinten raus an der Reihe.« Sie versuchte, ganz locker zu klingen, aber das gelang ihr nur halbwegs. Sie fragte, ob Polly vielleicht etwas zu trinken haben wollte. Sie wollte nur ein Glas Wasser, das ich für sie aus der Küche holte. Da stand mein Vater mit umgebundener Schürze und drei aufgeschlagenen Kochbüchern, er hatte einen klaren Plan. Früher hat er viel gekocht, es war ein Hobby, das er über die Jahre hatte schleifen lassen, auf viel mehr als ein paar simple Nudeln lief es meist nicht hinaus. Doch jetzt stand er plötzlich wieder zwischen den blubbernden Töpfen und Pfannen.

»Und? Ist sie schon da?« fragte er, während ich ein Glas mit Leitungswasser füllte.

»Ja, bei Mama im Garten.«

»Klasse!«

Da war es wieder, das Wörtchen *klasse*. Meine Eltern gebrauchten es in letzter Zeit sehr oft. Alles war klasse, wie bei einer Beschwörung. Er klopfte mir auf die Schulter, und ich ging mit dem Glas zurück in den Garten, wo meine Mutter und Polly immer noch miteinander sprachen.

»Ich springe vor dem Abendessen noch schnell unter die Dusche«, sagte meine Mutter und verschwand im Haus. Evi war nirgends zu sehen. Ich nahm Polly mit in die Küche, wo mein Vater inzwischen beschäftigt war, Seewolf-Stücke in Prosciutto-Streifen zu wickeln.

»Der leckerste Fisch der Welt im leckersten Speck der Welt«, sagte er fröhlich. Zusammen mit Kartoffelgratin und Bohnen war der Seewolf das Hauptgericht. Er wischte sich die Hand an seiner Schürze ab und streckte sie Polly entgegen.

»Schön, dass du da bist!«

»Schön, dass ich zum Essen kommen darf!«, antwortete Polly höflich.

Mein Vater ließ uns die Tomatensalsa für die Bruschette kosten und fragte, ob wir schon mal Teller und Besteck mit nach draußen nehmen könnten. Denn wir wollten im Garten essen, zum ersten Mal seit Jahren, es war warm genug, und der Tisch stand auch schon bereit.

»Natürlich«, sagte Polly, und wir schnappten uns die Teller, die auf dem Küchentisch bereitstanden, Besteck, Gläser und alles andere. Wir deckten den Gartentisch, während Evi ein bisschen entfernt im Strandkorb herumhing und hin und wieder in unsere Richtung linste. Als Polly ihr winkte, winkte sie zurück.

Die Vorspeise bestand also aus Bruschette mit Tomatensalsa und weiter aus Oliven, Salami, Datteln, solche Snacks halt. Mein Vater drehte mit einem Tablett die Runde und sagte alle naselang, wir sollten nicht zu viel davon essen, es würde noch viel mehr kommen, wie die Spinat-Linsen-Pastete, die er als Vorspeise gemacht hatte. Er saß am Kopfende des Tisches, Polly rechts von ihm, meiner Mutter gegenüber, die sie mit allen möglichen Fragen überschüttete, die sie sich, glaube ich, vorher zurechtgelegt hatte. Zumindest klang es so, als hätte sie geübt. Sie fragte nach der Schule, nach dem Haus, in das sie gerade eingezogen waren, nach der Arbeit von Pollys Mutter. Und Polly antwortete brav und erzählte, dass am Haus noch viel gemacht werden müsse, aber dass sie froh sei, endlich wieder ein eigenes Zimmer mit eigenem Bett zu haben. Und bei allem, was Polly sagte, sah ich Evi nicken, und ich hatte das Gefühl, dass sie sich in das Gespräch einklinken wollte, aber nicht so recht wusste wie. Wenn Polly sie etwas fragte, gab sie meist kurze und befangene Antworten, wodurch sie viel jünger wirkte als die elf Jahre, die sie tatsächlich war. Und unterdessen rannte mein Vater andauernd zwischen dem Esstisch und der Küche hin und her, weil alles noch gemacht werden musste; den

Fisch in den Ofen schieben oder Pfannen umrühren, und es musste serviert oder abgeräumt werden. Er lehnte jede Hilfe ab, »bleibt mal ruhig sitzen«, sagte er immer wieder.

Zum Dessert hatte er eine Zitronen-Baisertorte gebacken, und alles in allem wurde es ein schöner Abend, wir blieben lange draußen sitzen. Gegen zehn Uhr fuhr ich Polly nach Hause und brachte sie bis zur Tür, dort gab sie mir einen schnellen und unerwarteten Kuss und ging hinein. Am nächsten Morgen tauchte mein Vater in Sportklamotten in der Küche auf und sagte, dass er laufen gehen wolle, und wir mussten alle ein bisschen lachen, als wir sahen, wie unbehaglich er sich in seinem alten, etwas zu engen Jogginganzug fühlte. Eine Stunde später war er zurück, völlig kaputt, und sagte, dass er nach dem Sommer den Zehn-Kilometer-Lauf machen wolle und dass er deshalb von nun an zwei oder drei Mal pro Woche trainieren müsse. Er fragte, ob ich mitmachen würde, aber ich winkte dankend ab.

*

Ich habe gerade noch einmal nach Evi geschaut. Alles läuft gut, glaube ich. Ich bin nach unten in die Küche gegangen, habe ein Glas Cola getrunken, obwohl ich überhaupt keinen Durst hatte. Jetzt bin ich wieder in meinem Zimmer am Schreibtisch, und ich bin unentschlossen wegen der Musik. Was wird es werden?

Eines Abends saßen Polly und ich in meinem Zimmer, als sie mir plötzlich das iPad in die Hand drückte und sagte, ich müsse mir einen bestimmten Clip ansehen. *Müsse!* Sie hatte ihn am Abend zuvor im Internet gefunden, und er hatte sie sehr beeindruckt.

»Warum muss ich das sehen?«, fragte ich.

»Nur so. Ich bin gespannt, was du davon hältst.«

Ich brauchte nur noch auf Play zu drücken, alles war schon eingestellt. Es war der Clip *The Day That Never Comes* von Metallica.

Ein amerikanischer Soldat sitzt zusammen mit einigen anderen Soldaten hinten auf einem Lkw, sie fahren im Konvoi irgendwo in der Wüste herum, in Afghanistan oder im Irak, ich weiß es nicht. Alles scheint ruhig, aber dann geraten sie in einen Hinterhalt und werden von allen Seiten beschossen. Der Soldat sucht zusammen mit einem anderen Soldaten Deckung in einem Graben, die Kugeln pfeifen ihnen um die Ohren, der andere wird in den Bauch getroffen, es fließt Blut, und dann ist alles vorbei, genauso schnell, wie es angefangen hat. Der Soldat versucht, seinen Kameraden zu verbinden, so gut es geht, und schließlich sammelt ein Hubschrauber sie ein, und man weiß nicht, ob der verwundete Soldat es überlebt oder nicht. Und unterdessen haut einem Kirk Hammett seine Gitarrenriffs hammerhart um die Ohren.

Dann geht es weiter. Wieder fährt der Soldat durch die Wüste, es ist vielleicht ein paar Wochen später, er sitzt mit ein paar anderen in einem Hummer, und sie sehen in der Ferne mitten auf der Straße ein Auto mit hochgeklappter Motorhaube stehen. Es sieht aus, als ob ein Mann, ein Araber, versucht, etwas zu reparieren, und alle Alarmglocken schrillen, die Soldaten springen aus ihrem Hummer und stürmen auf ihn zu. Es stellt sich heraus, dass es ein junger Mann in den Zwanzigern ist, alle Gewehre sind auf ihn gerichtet, er wird angeschrien, er geht auf die Knie und lässt die Hände im Nacken, verängstigt wie ein Kaninchen, und keiner weiß, was als Nächstes passieren wird. Dann erst sehen die Soldaten, dass noch jemand im Auto sitzt, auf dem Rücksitz. Die Tür öffnet sich, und eine Frau in einer Burka steigt aus, man sieht nichts weiter als zwei dunkle Augen, und wie eine Art Zombie geht sie auf die Soldaten zu. Wieder wird geschrien, dass sie stehen bleiben und auf die Knie gehen soll, aber sie tut es nicht, möglicherweise, weil sie nicht versteht, was man von ihr will, vielleicht hat auch Angst ihren Verstand benebelt. Oder vielleicht ist es auch gar keine Frau, und sie oder er ist gerade dabei, sich in die Luft zu sprengen? Der Soldat ist der Ranghöchste, er muss eine Entscheidung treffen. Schießen oder nicht? Er zögert und die Sonne brennt ihm auf den Kopf, der Hinterhalt ist ihm noch frisch in Erinnerung. Die Frau kommt ihm immer näher, er kann das Weiß ihrer Augen sehen, was soll er tun, soll er schießen oder nicht?

Dann stoppt das Bild plötzlich, vielleicht eine Sekunde vor der Auflösung.

Polly hatte auf Pause gedrückt.

»Du bist dieser Soldat«, sagte sie kurz angebunden, als würde sie einen Befehl geben, »was machst du, erschießt du sie oder nicht?«

»Was?«

»Du hast eine Sekunde für deine Entscheidung.«

»Was?«

»Erschießt du sie oder nicht?«

»Hör auf!«

»RUMMS! Zu spät, sie hat sich in die Luft gesprengt, du bist tot und deine Freunde auch!«

So hätte es sein können.

Polly drückte wieder auf Play, und wir sahen uns die Auflösung an. Der Soldat lässt seine Waffe fallen, er traut ihr, es sind keine Terroristen, es ist kein Hinterhalt, denn das Auto ist wirklich kaputt. Die Soldaten helfen bei der Reparatur, verabschieden sich und fahren dann, den Schock noch tief in den Knochen, weiter durch die Wüste.

»Sorry«, sagte Polly, als es zu Ende war, »ich war einfach neugierig, was du getan hättest.«

»Was hättest du denn getan?«

»Weiß ich auch nicht«, antwortete Polly, »das ist ja gerade der Punkt.« Es hätte ja doch ein Hinterhalt sein können und die Frau eine Terroristin, und wenn sie sich in die Luft gesprengt hätte, wäre der Soldat kein Held, sondern ein großer Dummkopf.

»Man sollte diesen Clip allen künftigen Soldaten

zeigen, bevor sie sich für die Armee verpflichten, damit sie eine Ahnung bekommen, worauf sie sich einlassen«, sagte Polly.

Ich stimmte ihr zu. Im Fernsehen sieht man oft Werbespots für die Armee, um Rekruten anzuwerben, und wenn man sich die anschaut, wird man das Gefühl nicht los, dass der Krieg irgendeine Art Survival-Show ist. Etwas Cooles, etwas Makelloses, etwas, bei dem man gerne mitmachen will. Krieg, Hunger, das Leid von Mensch und Tier, das alles waren Dinge, die Polly beschäftigten, über die sie nachdachte und die sie oft genug deprimierten. Sie hat mir einmal erzählt, dass sie manchmal glaubte, gleichzeitig in zwei Welten zu leben. Das eine Leben spielte sich in einer großen, abstrakten und feindseligen Welt voller Unrecht, Elend und Täuschung ab. Die Welt aus den Zeitungen und der Wochenschau, die sie kaum in den Griff bekam und über die sie sich besonders aufregen konnte. Und dann war da noch die andere Welt. Klein, warm, liebevoll und ordentlich. Polly sah vor allem all das Schöne, sah es in Menschen, Dingen, in wirklich allem. Sie sagte, dass sie in ihrem Leben einmal eine Periode erlebt hatte, in der die große, dunkle Welt einen so riesigen Schatten warf, dass sie die andere kaum noch habe erkennen können. Aber dass sie immer besser gelernt habe, die beiden zu unterscheiden, und das sei ihre Rettung gewesen.

»Ich glaube, ich würde verrückt werden, wenn ich das nicht könnte.«

Als ich an dieser Stelle nachfragte, wollte sie nicht weiter darauf eingehen.

»Ein anderes Mal«, sagte sie.

Abends, als ich allein in meinem Zimmer saß, suchte ich mir auf dem iPad die Gitarrenakkorde von *The Day That Never Comes* zusammen und begann zu spielen. Es klappte ziemlich gut, und am nächsten Tag spielte ich es Polly vor. Sie schlug den Text nach und sang mit. Ein unklarer Text, enorm aufgeladen, Polly liebte ihn. Und sie konnte wunderschön singen.

*

Evis anfängliche Verlegenheit erledigte sich schnell, und trotz des Altersunterschieds funkte es bald zwischen den beiden Mädchen; ich wüsste nicht, was ich getan hätte, wenn es nicht so gekommen wäre.

»Deine Schwester ist wirklich superlieb«, sagte Polly, und es gab Zeiten, in denen ich das Gefühl hatte, dass Polly eher wegen Evi als wegen mir kam. Manchmal zogen sie sich in Evis Zimmer zurück und machten die Tür zu, was Evi sonst fast nie tat.

»Was treibt ihr da drinnen?«, rief ich einmal, als ich von der anderen Seite der Tür lautes Kichern vernahm.

»Nichts, nur Mädchenkram«, rief Polly zurück.

»Ja, nur Mädchenkram«, rief auch Evi.

»Was für Mädchenkram?«

»Geht dich nichts an!«, rief Evi.

»Nein, das geht dich nichts an!«, rief auch Polly, und sie lachten laut.

»Darf ich reinkommen?«

»Nein!«

Wieder Lachen.

Ich habe Polly einmal gefragt, warum sie so oft bei Evi war.

»Reiner Egoismus«, sagte sie, »sie macht mich glücklich.«

Zumindest hatten sie den gleichen Sinn für Humor. In einem Rumalberanfall erzählte Evi einmal von der Amputation ihres Beines mit allen unappetitlichen Einzelheiten. Als wäre ihr ein Psychopath mit einer riesigen Kettensäge zu Leibe gerückt, bis das Blut von der Decke und den Wänden tropfte, es war super lustig und Polly kugelte sich vor Lachen. Dann fragte Evi: »Was würdest du lieber amputieren lassen, deinen Arm oder dein Bein?«

»Mein Bein natürlich«, antwortete Polly. Sie brauchte nicht lange darüber nachzudenken, denn die Beine werden hauptsächlich benötigt, um sich vorwärts zu bewegen, und mit einer Prothese geht das auch prima.

»Schau dich mal selbst an«, sagte sie.

»Also habe ich eigentlich Glück gehabt?«

»Unglaublich viel Glück.«

Und wieder kippten sie um vor Lachen.

Dann blieb es einen Moment still, und das war

für Polly offenbar Anlass genug, um mit dem Thema weiterzumachen.

»Weißt du, was wirklich schlimm wäre?«, fragte sie.

»Na?«

»Wenn dein Gehirn es nicht mehr täte.«

Evi zog eine fiese Fratze.

»Dass man zu einer Pflanze wird, dass man lebt, aber gleichzeitig auch wieder nicht.«

»Verdammt!«, sagte Evi, und dachte weiter darüber nach. »Da wäre ich lieber tot«.

Dann mischte auch ich mich ein.

»Warum?«

»Einfach so.«

»Wieso: einfach so?«

»Na, weil ich dann nicht mehr ich selbst wäre.«

»Na und?«, sagte ich. »Das würdest du wahrscheinlich gar nicht mal mitkriegen, vielleicht wäre es ja gerade richtig schön, wenn du nicht mehr du selbst bist, dann musst du dir darüber auch keine Gedanken mehr machen.«

Diese Bemerkung kam schlecht an, das war offensichtlich.

»Ich will nicht nicht ich selbst sein!«, sagte Evi scharf.

Polly stimmte ihr zu. Irritiert. »Ja! Das wirst du doch wohl verstehen!«

Einmal hatten Polly und ich im Fernsehen eine Dokumentation über Stephen Hawking gesehen, den weltberühmten und superintelligenten Physiker aus England mit all seinen Theorien über den Urknall und schwarzen Löchern. Er hat eine Krankheit, die sein Nervensystem angreift, und infolgedessen ist er fast vollständig gelähmt, er sitzt im Rollstuhl und kann nur noch denken und mit den Augen zwinkern. Und jemand hat für ihn einen genialen Apparat zusammengebastelt, der sein Blinzeln in eine Computerstimme übersetzt, so kann er sprechen, seine Stimme klingt wie die eines in eine Konservendose eingepferchten Nerds. Und ich verstehe nicht, warum sie ihm keine bessere Stimme gegeben haben, denn er könnte mit jeder beliebigen Stimme sprechen, wie ein Navigationssystem im Auto. Aber vielleicht kommt diese Stimme seiner früheren noch am nächsten, sodass noch etwas Authentisches dran ist.

»Glaubst du, dass er glücklich ist?«, fragte Polly, während wir zuschauten, wie Hawking einer Gruppe Studenten in einem Riesensaal eine Vorlesung hielt. Auf den megagroßen Bildschirm hinter ihm wurden rotierende Galaxien projiziert, sodass es aussah, als würde er in seinem elektrischen Rollstuhl durch einen unendlichen Raum schweben, wie eine Szene mit Professor X aus der *X-Men*-Serie, so was hatte man sich bestimmt dabei gedacht.

Ich zuckte mit den Schultern, ich wusste es nicht, ich konnte nicht beurteilen, ob Hawking glücklich war oder nicht, ich kannte ihn nur, weil er berühmt war. Aber ich sagte, dass seine Krankheit doch etwas mit seinem

Gemütszustand gemacht haben muss, nur, weil ich mir kaum vorstellen konnte, dass es nicht so war. Polly jedenfalls fand, dass er glücklich wirkte, und sagte, dass das Leben lebenswert sei, solange das Gehirn funktioniert, denn solange man denken kann, hat man immer die Möglichkeit, noch was daraus zu machen. Ich sagte, dass Hawking vielleicht durch das Prinzip des Riesenkürbisses so superschlau geworden war. Denn wenn man einen Riesenkürbis heranziehen will, muss man erst einmal alle anderen Kürbisse, die an derselben Pflanze wachsen, wegschneiden, damit alle Nährstoffe diesem einen übrig gebliebenen Kürbis zugutekommen. Und der wird dann wie ein Ballon aufgeblasen, habe ich mal irgendwo gelesen. Also: Alle Energie geht in Hawkins Hirn, sagte ich, weil es keine Alternative gibt, und deshalb ist er so superklug.

Polly fand das nicht zum Lachen.

»Ich habe das ernst gemeint«, sagte sie.

*

Der Bach war Evis und mein geheimer Platz, das hatten wir einander feierlich versprochen, es war ihre Idee gewesen. Doch als ich eines Nachmittags nach Hause kam, fand ich Evi zusammen mit Polly in ihrem Zimmer, und sie sahen mich mit einem breiten Grinsen an.

»Ich wusste gar nicht, dass es einen Bach gibt, der nach dir benannt ist«, sagte Polly.

Ich sah Evi an, die guckte kichernd an die Decke.

»Elias' Creek?«, sagte Polly, und Evi ließ sich lachend nach hinten aufs Bett fallen.

»Wenn ich du wäre, würde ich mich besser von Evi fernhalten«, sagte ich, »denn sie könnte jeden Moment vom Blitz getroffen werden!« Das war die Strafe, wenn man über den Bach sprechen würde. Auch das hatte sich Evi ausgedacht.

Wie auch immer.

Polly wollte dorthin. »Bitte, bitte, ich möchte den Bach sooo gerne sehen«, bettelte sie.

»Ja, Polly möchte ihn sooooo gerne sehen«, sagte auch Evi.

»Aber, wenn wir ihn Polly zeigen, können wir ihn auch genauso gut allen zeigen.«

Polly musste schwören, dass sie niemandem etwas von dem Ort weitererzählen würde, denn dann sollte auch sie vom Blitz erschlagen werden. Genau wie Evi. Wenn der Schwur überhaupt noch was wert war.

»Ich schwöre es«, sagte Polly, während sie feierlich ihre rechte Hand erhob. »Beim Grabe meines Vaters.«

»Ist er denn tot?«, fragte Evi erschrocken.

»So etwas in der Art, ja.«

Pollys Vater hatte sich vom Acker gemacht, als sie erst acht Jahre alt war, sehr unvermittelt und unangekündigt. Eines Tages hatte er seine Sachen gepackt und war verschwunden, und seither hatte Polly kaum noch etwas von ihm gehört. In den ersten Jahren schickte er ihr noch

Geburtstagskarten mit Texten, die nicht viel mehr beinhalteten als: *Herzlichen Glückwunsch zum Geburtstag, mach Dir einen schönen Tag. Alles Liebe, Dein VATER*. Er schrieb das Wort »Vater« immer in Großbuchstaben, und Polly fand das seltsam. Abhauen, fast nie von sich hören lassen und dann »Vater« in Großbuchstaben schreiben. Irgendwann kamen auch keine Karten mehr.

»Er hat meine Mutter und mich einfach gelöscht«, sagte Polly.

Sie hat mir mal eine Passage aus einem ihrer Tagebücher aus dieser Zeit vorgelesen, das war harter Tobak gewesen, sie hatte an allem gezweifelt, denn wem kann man vertrauen, wenn sich derjenige, dem man am meisten vertraut, als völlig unzuverlässig erweist?

Polly sagte einmal, dass sie lieber lesbisch wäre, »denn die Männer sind sowieso alles Schweine«, und es wurde nicht ganz klar, ob das ein Witz sein sollte oder nicht. Ich fragte sie, ob sie ihren Vater wiedersehen wollte, aber das wollte sie nicht.

»Warum sollte ich?«, sagte sie.

Das wusste ich auch nicht.

*

Wir packten unsere Schwimmsachen, Handtücher, Proviant und Getränke für ein Picknick zusammen und machten uns auf den Weg zum Bach. Ich nahm auch meine Takamine mit, und unterwegs schwatzte Evi ohne Punkt und Komma über die Rhododendren, den wilden Pfad durch das Gebüsch, das kühle Wasser und wie das Sonnenlicht darauf reflektiert. Sie erzählte von dem Buntspecht und dem Eichelhäher, die hier irgendwo ihr Nest haben mussten, weil wir sie oft herumfliegen sahen. Die vielen Eichhörnchen, die Frösche, die auf den Blättern der Seerosen saßen, die Schmetterlinge, die Libellen, die Farben und alles; so wie Evi darüber sprach, klang es, als würde sie vom Paradies auf Erden, vom Garten Eden reden. Sie sagte auch, dass sie vermutete, dass dort Waldelfen leben. Oder Wassernymphen. Denn es war genau der rechte Ort dafür.

»Glaubst du an Waldelfen und Wassernymphen?«, fragte sie Polly, als wir durch den Wald liefen, es war ein schöner sonniger Tag.

»Absolut!«, lautete die Antwort.

Ich glaube, sie meinte es auch so, denn als wir weitergingen, hörte ich Polly erzählen, dass Delfine »sprechen« können und insgesamt ganz vernünftige Sachen über den Weltfrieden, die Umwelt und solche Dinge sagen. Aber dass wir, die Menschen, sie nicht mehr verstehen können, weil wir das im Laufe von Tausenden Jahren verlernt hätten. Sie sagte auch, dass man Delfine nicht in Gefangenschaft halten dürfe, weil sie da unglücklich und apathisch werden und sterben.

»Wow, echt wahr?«, sagte Evi. »Das wusste ich nicht.«

Und ich hatte nicht gewusst, dass Polly solche Gedanken durch den Kopf gingen.

Als wir zu den Rhododendren kamen, ging Evi uns voraus und zeigte auf den Wildpfad, wo ich vor mehr als zwei Jahren das Wildschwein mit den vier Frischlingen aus dem Gebüsch hatte kommen sehen.

»Guck, hier müssen wir lang.«

Evi ging als Erste, sie schlängelte sich hindurch, ein bisschen mühsam, aber sie wollte keine Hilfe, nicht von mir und schon gar nicht von Polly. Als wir dann auf der anderen Seite standen und über das Wasser blickten, musste Polly Evi recht geben: Der Bach und alles drum herum war genau so, wie sie es beschrieben hatte, vielleicht sogar noch schöner.

»Wenn ich eine Waldelfe oder eine Wassernymphe wäre, würde ich auch hier leben wollen«, sagte Polly.

Evi verriet, dass wir ausgemacht hätten, einmal nachts, bei Vollmond, zum Bach zu gehen, und dass wir uns im Gebüsch verstecken und zusehen wollten, wie sie über dem Wasser tanzten. Sie fragte, ob Polly auch mitkommen wolle.

»Klar will ich mit!«, antwortete Polly.

Das war also geregelt, und dann fühlte Polly die Temperatur des Wassers.

»Einwandfrei.«

»Wollen wir schwimmen gehen?« Evi war bereits dabei, ihre Prothese abzulegen.

Die Mädchen zogen ihre Sachen aus, die Bikinis hatten sie schon zu Hause angezogen, und sie gingen ins Wasser, wobei sich Evi auf Polly stützte. Ich blieb am Ufer sitzen, packte unser Picknick aus und schaute ihnen beim Schwimmen zu. Dann sah ich, wie Evi auf die siamesische Eiche und auf den dicken Ast zeigte.

»Von da kannst du ins Wasser springen«, hörte ich sie sagen.

»Wirklich?«

»Soll ich's dir zeigen?«

Evi wartete die Antwort nicht ab, sondern schwamm ans Ufer und kroch aus dem Wasser, ich half ihr beim letzten Stück durch den Schlamm. Sie schnappte sich ihre zusammenklappbaren Krücken, die wir immer bei uns hatten, hüpfte auf den Baum zu, ließ sie dort stehen und schwang sich auf den Ast.

»Müssen wir ihr nicht helfen?«, fragte Polly, die inzwischen auch aus dem Wasser gekommen war. Ich sagte »nein«, denn Evi schaffte das problemlos allein, sie hatte es oft genug getan. Gemeinsam sahen wir zu, wie sie sich geschickt über den Ast hangelte.

»Schau her, so macht man das!«, rief Evi und winkte, als sie am Ende angekommen war. Polly und ich hatten uns in der Zwischenzeit auf ein Handtuch an den Ministrand gesetzt, als Evi mit zugekniffener Nase ins Wasser sprang, applaudierten wir, als wäre es eine gelungene Zirkusnummer.

Dann kamen wir an der Reihe. Zusammen mit Polly kletterte ich über den Ast. Polly sprang zuerst und ich hinterher.

»Ist das nicht der schönste Ort von der ganzen

Welt?«, fragte Evi, als wir alle drei kurz danach am Wasser saßen und Marshmallows auf Stöckchen spießten und über das Lagerfeuer hielten.

»Ich könnte mir keinen schöneren vorstellen«, antwortete Polly.

Es war ein fauler und schöner Nachmittag. Evi sonnte sich auf dem Handtuch, und ich klimperte ein wenig auf der Takamine herum, als Polly sagte, sie müsse mal pinkeln und in den Rhododendren verschwand. Sie war ein paar Minuten verschwunden, als wir sie aus der Ferne rufen hörten.

»Habt ihr das schon gesehen?«

»Haben wir *was* gesehen?«

»Das Grab.«

»Das was?«

»Das Grab, hier ist ein Grab!«

Evi und ich schauten uns erstaunt an. Ein Grab hatten wir hier noch nie gesehen. Aber Polly hatte recht. Nicht weit vom Bach, in der Mitte der Rhododendren, war ein Grab. Jemand hatte aus ein paar Brettern ein Kreuz gebaut und in den Boden gerammt. Es musste schon lange da stehen, denn das Holz war ziemlich morsch. Um das Kreuz hing eine Kette mit einem rostigen Namensschild, die Buchstaben waren verwittert, aber mit einiger Mühe doch zu entziffern.

»C-e-r-b-e-r-u-s«, buchstabiert Polly.

»Cerberus?«, fragte Evi.

Ich musste tief in meinem Gedächtnis kramen, denn den Namen hatte ich irgendwann schon mal gehört. Und dann fiel es mir wieder ein, in der griechischen Mythologie ist Cerberus der Hund mit den drei Köpfen, der den Eingang zur Unterwelt bewacht. Er hält die Lebenden fern und lässt die Toten nicht entwischen. Er spielt auch eine Rolle in einem der Harry-Potter-Filme, im ersten oder zweiten Teil, das weiß ich nicht mehr genau.

»Klingt nach einem großen Tier«, sagte Evi, »was für eine Rasse könnte es gewesen sein?«

»Ein Rottweiler vielleicht. Oder ein Schäferhund«, sagte ich.

»Oder ein ganz Kleiner«, meinte Polly. Sie erzählte, sie habe mal jemanden gekannt, der seinen Chihuahua Wotan getauft habe. Das fand Evi sehr lustig.

»Ja, vielleicht ist es so eine kleine Ratte.«

»Ich verstehe nicht, warum sie den Hund hier und nicht näher am Wasser begraben haben«, fuhr Polly fort, »da würde er doch viel schöner liegen.«

»Ja, das kapiere ich auch nicht, da würde er doch viel schöner liegen«, machte Evi den Papagei. Und ich glaube nicht, dass ihr auffiel, dass sie Pollys Worte immer öfter wiederholte und fast immer mit ihr einer Meinung war.

»Evi bewundert dich«, sagte ich einmal.

»Halb so wild.«

Aber es war ihr auch aufgefallen.

»Es liegt daran, dass ich ein paar Jahre älter bin als

sie. Mädchen schauen nun mal gerne zu älteren Mädchen auf, es ist ganz normal, das tun alle, ich habe das früher auch gemacht.«

Als wir zum Bach zurückkamen, gingen die Mädchen noch einmal ins Wasser, ich blieb am Ufer, sah ihnen beim Schwimmen zu und zupfte währenddessen auf der Takamine herum. Alten Blues. Lieder und Rhythmen, die ungefähr so alt wie der Baum sein mussten, an den ich mich lehnte. Als wir später am Nachmittag nach Hause gingen, sagte ich, dass wir den Bach von nun an lieber *Cerberus' Bach* nennen sollten. Denn im Nachhinein gesehen war ich wohl doch nicht der Entdecker, weil mir jemand mit einem toten Hund zuvorgekommen war. Und ich hielt *Elias' Creek* sowieso nicht für einen so tollen Namen, es war halt der, den Evi sich ausgedacht hatte.

Wir sind oft dort gewesen, zu dritt oder zu zweit, nur Polly und ich und die Tiere aus dem Wald.

Aber wie ich schon sagte, mir wäre es lieber, ich hätte den Bach nie entdeckt. Mir wäre es lieber, die Rhododendren hätten nicht in voller Blüte gestanden, als ich Jahre zuvor zufällig daran vorbeigegangen war. Denn dann hätte ich das Wildschwein und die vier Frischlinge nicht aus dem Gebüsch kommen sehen, und ich hätte nie den Weg zum Wasser gefunden, dann hätte der Bach auch für mich nie existiert.

*

Etwa vor einem Jahr hat mein Großvater einem Einbrecher ins Bein geschossen. Es geschah mitten in der Nacht, er war aufgewacht, weil er unten ein Geräusch hörte, hatte seine Pistole aus dem Nachtschrank genommen, war die Treppe hinuntergeschlichen und hatte den Einbrecher im Wohnzimmer erwischt. Was danach genau passiert ist, ist nicht ganz klar, er selbst sagt, es habe einen Kampf gegeben, bei dem er dem Einbrecher versehentlich ins Bein geschossen habe. Es war ein armseliges Kerlchen von zweiundzwanzig Jahren, das nach Geld gesucht hat.

»Ich hätte ihn auch erschießen können«, verteidigte sich Opa. Wir wussten nicht einmal, dass er eine Pistole besaß. Es sei wegen seiner Arbeit, sagte er, »denn in meinem Gewerbe laufen genug Bekloppte rum«.

Er kam gnädig davon, zwei Wochen auf Bewährung, sie nahmen ihm die Waffe ab, und er bekam eine Geldstrafe wegen illegalen Waffenbesitzes aufgebrummt; darüber ist er immer noch empört.

Als ich ein paar Monate später, wie so oft, in seinem Haus eine Kleinigkeit zu erledigen hatte, sah er mich plötzlich etwas seltsam an.

»Komm mal mit«, flüsterte er und hielt den Zeigefinger auf die Lippen.

Wir gingen hoch ins Schlafzimmer. Er öffnete die

Schublade des Nachttisches auf und holte eine nigelnagelneue Pistole heraus, die er mir stolz zeigte.

»Eine Glock 21.«

Ich kannte Colts aus Cowboyfilmen und Magnums von *Dirty Harry*. Und natürlich Kalaschnikows von Terroristen, aber eine Glock 21 sagte mir nichts.

»Klassen besser als die alte«, behauptete Großvater, und er sagte, er gehe manchmal in den Wald, um ein bisschen zu üben, weil er in Form bleiben wolle, denn man wisse ja nie, die Welt sei voller Gefahren. Er hat mich einmal mitgenommen und mir erklärt, wie das Ding funktioniert, wie man es hält, wie man lädt, wie man entsichert, wie man zielt, all diese Sachen. Ich habe auf Dosen geschossen, die er ein bisschen weiter weg auf einen Baumstumpf gestellt hatte, und anscheinend habe ich Talent, denn nach ein paar Übungen schoss ich eine nach der anderen ab.

»Ein bewegliches Ziel, das ist viel schwerer«, sagte er, und er behauptete, es sei ihm manchmal gelungen, Vögel vom Himmel zu schießen. Ich habe das nie gesehen; er hat es zwar versucht, vor allem bei Krähen, aber er hat immer danebengeschossen.

»Ich kann es wirklich«, sagte er dann, aber ich glaube eher nicht, denn er kann die Pistole nur mit Mühe ruhig halten, seine Hände zittern immer ein bisschen. Die Krähen jedenfalls kamen alle mit dem Schrecken davon. Meine Eltern erfuhren nichts, nur Evi wusste es.

»Opa ist völlig bekloppt!«, sagte sie.

*

Ich sitze auf der Holzbank unter dem Vordach der Scheune. Es schneit jetzt stärker, das Gras zu meinen Füßen wird schon weiß. Ich habe gerade einen winzigen Schneeball geformt und ihn auf eine imaginäre Evi geworfen, wir wollten ja eine Schneeballschlacht machen, hatte ich ihr heute Nachmittag gesagt.

Vorgestern habe ich die Glock 21 bei meinem Großvater mitgehen lassen, als ich wusste, dass er nicht zu Hause ist. Wir haben die Schlüssel von seinem Haus, und soweit ich weiß, hat er nichts mitgekriegt. Ich habe die Patronen aus dem Magazin genommen.

Ich halte den Lauf an meine rechte Schläfe.

Es fühlt sich seltsam an.

Immer wieder.

Ich drücke ab.

Klick!

Kein Problem.

Ich habe das oft geübt, und es hat eine Weile gedauert, bis ich es konnte, denn der bloße Gedanke daran, abzudrücken, ist widernatürlich, auch wenn ich weiß, dass keine Kugeln drin sind. Zuerst ging es auch nicht, es war, als hätte ich die Kontrolle über meinen rechten Zeigefinger verloren, er weigerte sich einfach, sich zu krümmen. Dann versuchte ich es mit meiner alten Schreckschusspistole, die noch irgendwo in einer Kiste auf dem Dachboden herumlag, und selbst damit war es schwierig. Aber nach etwas Übung ging es doch, und dann habe ich es wieder mit Opas Glock 21 versucht.

Ich habe die Zähne zusammengebissen, die Augen zugekniffen und seltsame Quietschgeräusche produziert. Und dann endlich: klick!

Einen solchen Adrenalinschub hatte ich noch nie. Es war, als würde ich explodieren.

Die Patronen sind wieder im Magazin, ich habe mir eine Zigarette angezündet und blase Kringel in die Luft, so gut es hier draußen unter dem Schutzdach geht. Evi hat es immer gemocht, wenn ich es tat, Polly konnte es auch, wenn ich einen Kringel ausblies, hat sie immer versucht, ihren eigenen hindurchzublasen. Oder andersherum. Wenn es geklappt hat, gaben wir uns ein High Five.

*

Es war also Henrys Idee gewesen, einen Boxsack in die Garage zu hängen. Ein gesunder Körper, ein gesunder Geist, da glaube ich schon dran. Eines Nachmittags war ich ziemlich fanatisch am Trainieren. Eminem lief, *8 Mile Road*, ich höre Eminem gerne beim Training, denn dann schlage und trete ich härter zu, als wäre seine Wut in mich gefahren. Und ich merkte überhaupt nicht, dass Polly mir schon eine ganze Weile zuschaute, sie lehnte an der Wand neben der Tür, war halb versteckt in einer Ecke.

»He, Rocky!«

Erschrocken drehte ich mich um, ich trug nichts weiter als Shorts, und das fühlte sich unangenehm an. An Pollys Blick konnte ich ablesen, dass sie es lustig fand.

»Sorry«, sagte sie, als ich schnell mein T-Shirt vom Hocker grapschte und anzog, »ich wollte dich nicht bespitzeln.«

Sie wusste über den Boxsack Bescheid und dass ich manchmal in der Garage trainiere, aber sie hatte mich noch nie dabei gesehen.

»Willst du auch mal?«, fragte ich.

»Ich dachte schon, du würdest nie fragen.«

Sie zog ihre blaue Strickjacke aus, darunter trug sie ein orangefarbenes Shirt, und begann, auf den Boxsack einzuschlagen. Wie Uma in *Kill Bill,* aber sachter, viel weicher, es war eher Streicheln als Treten, es war nichts.

»Sogar Evi haut noch härter als du, und die hat nur ein Bein!«

»Ha-ha-ha.«

»Denk an jemanden, den du hasst.«

Musik oder Hass, oder beides in Kombination, das funktioniert am besten, weiß ich aus Erfahrung.

»Aber ich hasse niemanden.«

»Echt nicht?«

»Im Zweifelsfall immer für den Angeklagten, bis zur Absurdität«, sagte sie.

Vor nicht allzu langer Zeit lief im Filmhaus *Barbarella*, ein seltsamer psychedelischer Science-Fiction-Film aus den 1960er-Jahren. Jane Fonda stürzt mit ihrer Rakete auf dem Planeten Tau Ceti ab und trifft da den Engel Pygar, einen Jungen mit blonden Locken, der nicht in der Lage ist zu hassen, weil er blind ist und deshalb das Böse in der Welt nicht erkennen kann. Er hat auch kein Gedächtnis, und für ihn ist jeder Augenblick unschuldig und neu. Er bringt Jane auf seinem Rücken in die Stadt Sogo, wo sie sich auf die Suche nach Dr. Durand Durand macht, dem eigentlichen Ziel ihrer Mission.

Polly gefiel die Geschichte sehr gut, aber der Vergleich mit einem blonden Engel gefiel ihr nicht.

»Ich bin kein Engel.«

Am selben Nachmittag saßen wir faul auf dem Bett in meinem Zimmer, Bob Marley lief im Hintergrund. Polly las in einem Buch und ich scrollte auf dem iPad herum, als sie sich mir plötzlich zu mir herumdrehte, ihr Gesicht kam dabei immer näher heran.

»Was ist los?«, fragte ich.

»Nichts.«

Plötzlich fühlte ich ihre Lippen auf den meinen, und ihre Zunge glitt zwischen meine Zähne zu meiner, vor Schreck wusste ich gar nicht, was ich tun sollte, und ich tat nichts. Sie zog sich wieder zurück und sah mich mit dem süßesten Lächeln an, das ich je gesehen habe.

Ich kann ihre Zunge noch immer fühlen. An meiner.

Ich muss mich nicht einmal konzentrieren, es geht von ganz allein.

*

Ich habe nie begriffen, was Polly in mir gesehen hat, und ich verstehe es noch immer nicht. Evi hat einmal gesagt: »Sie ist viel zu nett für dich, und außerdem viel zu hübsch.«

Sollte ein Witz sein.

Traf aber den Nagel auf den Kopf, denn: Warum ich?

»Warum nicht?«, sagte Henry. »Du bist halt ein interessanter und gut aussehender Junge, nur weißt du es selbst nicht, das ist alles.« Noch niemals hat jemand gesagt, dass ich gut aussehe.

Henry begann über Oblomow zu sprechen, einen verarmten Adligen aus dem Roman von Gontscharow, der seine Tage in einem verwahrlosten Landhaus irgendwo in der russischen Pampa zusammen mit seinem heimtückischen Diener vertrödelt. Oblomow tut den ganzen Tag nichts, er liegt auf dem Bett und findet sich völlig wertlos. Aber aus irgendeinem Grund verliebt sich Olga, ein junges Mädchen, in ihn, und Oblomow kapiert nicht, warum. Er schreibt ihr lange Briefe, in denen er versucht, sie davon zu überzeugen, dass das alles nur ein großer Irrtum sein kann.

Ich weiß nicht, warum Henry mir diese Geschichte erzählt hat, und beim Heimradeln zergrübelte ich mir den Kopf, denn Henry sagt nie etwas ohne Grund. Vielleicht erkannte er Dinge in mir, die ich selber nicht sah oder nicht sehen konnte. Wir kamen nie wieder darauf zurück, aber das nächste Mal, als ich bei Henry war, lag das Buch für mich bereit.

»Nur für den Fall, dass du mal ein bisschen Zeit hast«, sagte er.

Es liegt hier ungelesen im Schrank, und ich habe die Befürchtung, dass das auch so bleibt, ich weiß doch, dass es böse enden wird.

Ist auch egal.

Einmal haben sie sich getroffen. Polly und Henry. Durch Zufall. Er war mit seiner Frau Suzan in der Stadt, und ich sah ihn erst, als wir schon fast zusammenstießen. Wir sahen uns an und sagten zunächst nichts, er machte eine kleine Bewegung mit seiner rechten Augenbraue, ich vermute, um mir die Möglichkeit zu geben, einfach weiterzugehen, als würden wir uns nicht kennen. Aber in meiner Verwirrung reagierte ich doch.

»Hallo, Henry.«

»Guten Tag, Elias.«

Er stellte seine Frau vor und ich Polly, ich sagte, dass sie »eine« Freundin sei. Es war seltsam, Henry hier zu sehen, so aus heiterem Himmel auf der Straße, denn ich kannte ihn nur in seinem Kokon, dem Zimmer mit der

Couch, der Chaiselongue, wie er sie nennt. Wenn ich an der Tür klingelte, machte immer er selbst auf und nie seine Frau. Es gab eine kleine Garderobe, an der ich meinen Mantel aufhängen konnte, und gleich dahinter war der Behandlungsraum, den er nie »Behandlungsraum«, sondern immer nur »Zimmer« nannte. War die Sitzung zu Ende, begleitete er mich zur Haustür, und dort verabschiedeten wir uns. Ich glaube, dass ich Henry bis zu diesem Moment nirgendwo anders als im Behandlungsraum und auf den paar Metern zwischen diesem Raum und der Haustür gesehen habe. Nach einem kurzen und mühsamen Wortwechsel gingen wir schnell weiter.

»Wer war das?«, fragte Polly.

»Das war Henry.«

»Ja, das habe ich verstanden. Aber wer ist das?«

»Mein Psychologe.«

Das große Wort war gefallen. Ich hatte Polly noch nichts von Henry erzählt, doch es schwirrte mir schon eine Weile im Hinterkopf herum, und ich wusste, dass ich das Thema einmal würde anschneiden müssen. Ich redete mir immer ein, auf den richtigen Moment warten zu müssen, aber der war dummerweise noch nie gekommen. Und ich fürchtete mich vor Pollys Reaktion, wenn sie herausfände, dass ich seit etwa zwei Jahren jeden zweiten Donnerstagnachmittag bei einem Therapeuten auf der Couch sitze. Aber jetzt kam ich nicht mehr drumrum, und nur um sicherzugehen, habe ich auch gesagt, dass Henry eigentlich gar kein Psychologe, sondern Psychiater war. Genau wie meine Mutter seinerzeit, und auf einmal verstand ich ihre Beweggründe sehr gut.

»Was machst du denn da?«, fragte Polly.

»Nur reden.«

»Reden? Worüber?«

»Über Gott und die Welt.«

Ich sah, wie sie nachdachte.

»Warum?«

»Weil ich ...«

Ich schwieg, denn als die Sitzungen mit Henry begannen, war alles ganz klar gewesen: mein Verhalten, meine Neigung, manchmal zuzuschlagen, und solche Dinge. Aber das war damals, und jetzt war alles anders. Jedenfalls schien alles anders zu sein. Der ursprüngliche Anlass hatte sich erledigt, und ich hatte schon längere Zeit das Gefühl, dass ich hauptsächlich nur noch zu meinem Vergnügen zu Henry ging. Weil ich ihn gern mochte, weil es schön war, mit ihm zu reden.

»Weil ich früher manchmal seltsame Dinge getan habe«, sagte ich schließlich.

»Du?«

Ich erzählte von den Kloppereien, den Insekten, den Angelhaken. Und dass sie mich von der Schule geschmissen hatten. Ich erzählte von Daniel und Gregory.

»Du?«, fragte Polly noch einmal überrascht.

»Ja.«

»Und deshalb gehst du jede zweite Woche zu Henry?«

»Ja.«

Ich sah, wie sie nachdachte.

»Okay«, sagte sie, und dann ließ sie das Thema ruhen.

An diesem Abend, als ich zu Hause in meinem Zimmer saß, schickte Polly eine Nachricht.

»Weißt du, vielleicht ist Henry für dich so was wie mein Tagebuch für mich.«

»Aber ein Tagebuch antwortet nicht«, schrieb ich zurück.

»In gewisser Weise schon«, war die Antwort.

Als ich das nächste Mal bei Henry war, fragte er, ob Polly wisse, dass ich bei ihm in Therapie sei.

»Ich habe es ihr erzählt«, sagte ich.

»Und? Wie hat sie reagiert?«

»Sie hat gesagt, dass du für mich so etwas wie ein Tagebuch bist.«

Das fand er lustig, und er sagte, dass die meisten Menschen zuerst einmal erschrecken, wenn sie hören, dass jemand in Therapie ist.

»Ein nettes Mädchen übrigens, und hübsch ist sie auch. Weißt du, wem sie ähnlich sieht?«

Ich sagte, ich hätte keinen blassen Schimmer. »Sie sieht ein bisschen aus wie Uma Thurman, aber dann die jüngere Version.«

*

Polly hatte immer ihr Heft bei sich, und oft schrieb sie etwas hinein. Seit ihrem siebten Lebensjahr führte sie Tagebuch, ungefähr seit dem Moment, als sie das Alphabet gelernt hatte. Zu Hause hatte sie ganze Stapel vollgeschriebener Hefte, die sie in einem Pappkarton unter ihrem Bett aufbewahrte.

»Da steckt mein ganzes Leben drin«, sagte sie.

»Worüber schreibst du so?«

»Über alles, nichts Besonderes.«

»Auch, dass wir heute Nachmittag *Die Siedler von Catan* gespielt haben?«

»Ja. Natürlich.«

»Warum?«

»Weil ich gewonnen habe.«

Sie musste selbst darüber lachen.

»Schreibst du auch über mich?«

»Seitenweise.«

»Echt wahr?«

»Ja.«

»Darf ich das lesen?«

»Vergiss es!«

Polly meint, dass niemand anderer ein Tagebuch lesen dürfe.

»Sonst würde ich vielleicht die Dinge, die ich aufgeschrieben hätte, nicht notieren. Oder umgekehrt, das wäre genauso schlimm.«

Was sie schriebe, sei oft nicht mehr als eine Auflistung all dessen, was sie an diesem Tag erlebt habe, sagte sie. Und manchmal war es vor allem Unsinn, und sie schrieb das auf, was ihr gerade in den Sinn kam. Es habe ihr geholfen, besser über sich selbst und die Welt nachzudenken, sagte sie.

Ich fand es auf jeden Fall faszinierend. Und was mich vielleicht noch mehr beeindruckte, war die Art und Weise, wie Polly sich beim Schreiben in sich selbst zurückziehen konnte. Dann war zwar ihr physischer Körper noch da, unter den Leuten, auf der Erde. Aber sie hörte einen nicht mehr, sah einen nicht, und es war, als schwebte ihr Geist irgendwo anders, in einer anderen Welt, in einer anderen Dimension. Vielleicht sind das die schönsten Erinnerungen, die ich von ihr habe. Dass ich ihr beim Schreiben zusehen konnte. Auch weil ich dabei ungehindert sehen konnte, wie hübsch sie war.

Ein Film. Polly hockt im Schneidersitz über ihr Tagebuch gebeugt auf dem Bett in ihrem Zimmer, es ist totenstill. Sie trägt kurze Hosen, armeegrün, und ihr gelbes Bikinitop. Ihr Haar hängt vor dem Gesicht, und es ist, als würde sie gar nicht merken, dass ich auch im Raum bin und sie aus einem gewissen Abstand filme. Ihre rechte Hand, in der sie ihren Füller hält, geht von links nach rechts über das Papier.

Ich komme etwas näher heran und zoome ihren rechten Fuß ein, ihre Zehennägel sind rotbraun lackiert. Ich filme ihren Knöchel, ihre Wade und die Wunde an ihrem Knie von dem Unfall ein paar Tage zuvor, als die

Pedale meines Fahrrads in die Speichen ihres Vorderrads gerieten. Weiter über ihre Oberschenkel hinauf, Polly sitzt auf einem Kissen, bei jedem Atemzug bewegt sich ihr Nabel ganz sacht. Ich filme, wie sie eine Seite ihres Tagebuchs umschlägt, ich zoome an ihre Hand heran und lese die Worte, die auf dem weißen Papier erscheinen.

Findest du mich nett?

»Absolut«, höre ich mich sagen.

Nach oben, an Arm und Schulter entlang zum Gesicht. Sie schaut mich an, sie lächelt in Großaufnahme.

»Komm«, sagt sie.

Dann schwenkt das Bild plötzlich in alle Richtungen weg, und im Bruchteil einer Sekunde erkenne ich meine Hand auf Pollys Rücken. Ich sehe das Bett, das Zimmer, ihre Haut, meine, die Decke, das geöffnete Fenster und den Kastanienbaum im hinteren Garten, alles in Sekundenschnelle. Dann wird das Bild schwarz, und der Rest ist eine wunderschöne Erinnerung.

*

Eines Tages kam Polly mit einem Päckchen für Evi zu uns nach Hause. Schick eingewickelt in silbergrünes Papier mit einer goldenen Schleife drum.

»Hier, für dich«, sagte sie, »herzlichen Glückwunsch.«

»Für mich? Habe ich denn Geburtstag?«

»Pack's einfach aus.«

Mit verlegenem Blick packte Evi ihr Geschenk aus. Aus der Form schloss sie, dass es ein Buch sein müsse, aber das war es nicht, es war ein Notizbuch, ein Moleskine, schwarz mit festem Einband, genau so eins wie Polly es benutzte. Denn ihr war aufgefallen, dass Evi immer neugierig zusah, wenn sie schrieb, sie meinte, dass ein Tagebuch »echt was für Evi wäre, denn in ihrem Kopf passiert wahnsinnig viel«.

Evi war unglaublich glücklich und fiel Polly um den Hals. Dann zauberte Polly ein zweites Paket hervor, auch hübsch eingepackt und wieder mit einer goldenen Schleife drum herum.

»Noch eins?«

»Heute ist dein Glückstag.«

Es war ein Kistchen mit einem türkisfarbenen Füller, der eine echte goldene Feder hatte.

»Gold schreibt unglaublich viel besser als andere Metalle, weil es so weich ist«, erklärte Polly. »Die Feder formt sich nach deiner Handschrift, und darum darf man einen Füller auch nie jemandem ausleihen«, sagte sie und betonte stark das Wort »nie«.

Evi bekam auch türkisfarbene Tintenpatronen. Die Farbe des Meeres aus den Ferienbroschüren. Pollys Lieblingsfarbe, deshalb auch ihr türkisfarbenes Zimmer, und deswegen habe ich ihr mal eine Halskette mit einem kleinen türkisfarbenen Anhänger in Form eines Delfins geschenkt. Sie legte ihn vor dem Spiegel an, ich stand hinter ihr, und gemeinsam fantasierten wir davon, nach Jamaika oder auf eine andere Karibikinsel zu gehen. Schwimmen im türkisblauen Meer, mit Delfinen, denn Polly war noch nie auf einer Karibikinsel gewesen, und ich auch nicht, wir hielten das für eine ausgezeichnete Idee. Während Evi also ihren neuen Füller auf einem Blatt Papier ausprobierte, erklärte Polly nachdrücklich, dass man ein Tagebuch mit der Hand und nicht am Computer schreiben muss.

»Denn auf dem Computer sieht jeder Buchstabe gleich aus, da spielt es keine Rolle, ob man glücklich ist oder Scheißlaune hat.«

Evi nickte zustimmend, es klang logisch, und wenig später beugte sie sich mit ihrem nagelneuen Füller über die erste Seite ihres leeren Moleskines und grübelte darüber nach, wie sie anfangen sollte.

»Wenn ihr mich weiter so anstarrt, kann ich nicht.«

»Du musst oben rechts das Datum hinschreiben, dann kommt der Rest von alleine«, sagte Polly.

Zumindest funktionierte es bei ihr so, also kritzelte Evi das Datum irgendwo oben auf die Seite und begann zu schreiben.

»Heute hat mir Polly ein Tagebuch und einen Füller geschenkt. Und türkisfarbene Tinte«, murmelte Evi vor sich hin, als sie ihre ersten Sätze zu Papier brachte. Und Polly hatte recht, der Rest kam von alleine, und in weniger als zwei Wochen hatte Evi ihr erstes Notizbuch gefüllt. Am nächsten Samstagnachmittag gingen wir zu viert, Evi, meine Eltern und ich, durchs Einkaufszentrum. In einem Schreibwarenladen haben wir ein neues Moleskine gekauft, nein, sicherheitshalber waren es gleich zwei.

»Was schreibst du eigentlich alles auf?«, fragte ich, als wir zum Auto zurückgingen.

»Alles.«

»Zum Beispiel?«

»Einfach alles. Alles, was mich beschäftigt.«

»Auch über mich?«

»Ja, natürlich.«

»Darf ich es lesen?«

»Vergiss es.«

Wie ein Echo von Polly.

*

Es ist Viertel vor vier. Ich habe Sigur Rós aufgelegt, die Band aus Island. Evi liebt Sigur Rós, sie machen verträumte, mysteriöse Musik und singen in einer seltsamen, selbst erfundenen Sprache, einer Art Elfensprache, von der man nichts versteht, denn es bedeutet nichts, es sind einfach nur schöne und hypnotisierende Klänge. Ich habe die Musik oft in Evis Zimmer gehört.

Ich war zwei Jahre alt, als meine Eltern das Haus kauften, und dieses Zimmer ist jetzt seit fünfzehn Jahren mein Zimmer. Es ist etwas größer als das von Evi und ungefähr so groß wie das Schlafzimmer meiner Eltern. Wenn ich mich umschaue, sehe ich vor allem

Dinge, bei denen ich mich frage, warum ich sie nicht längst weggeworfen habe. Ich habe mir nie wirklich etwas gewünscht, und wenn meine Eltern mich fragten, was ich zum Geburtstag haben wollte, ist mir nie etwas eingefallen. Ich wollte nicht einmal meinen Geburtstag feiern, am liebsten hätte ich den Tag unbemerkt vorbeigehen lassen, aber dafür gab es keine Chance, weil meine Eltern und Evi immer versuchten, etwas daraus zu machen, mit Kuchen, Geschenken und allem. Jedes Mal musste ich mein Bestes geben, so zu tun, als würde ich mich darüber freuen.

Ich stehe vom Bett auf und gehe zum Schreibtisch, öffne die oberste Schublade und nehme die Geschichte heraus, die Polly einmal extra für mich geschrieben hat. Denn sie schrieb nicht nur Tagebuch, sie schrieb auch Kurzgeschichten. Sie hatte, glaube ich, Talent, denn einmal ist eine ihrer Geschichten auch in einer Zeitschrift gedruckt worden, Polly war erst elf oder zwölf, als sie sie geschrieben hat. Ich habe sie gelesen, sie handelt von einem Mädchen, das eines Tages beschließt, Astronautin zu werden. Denn je weiter weg von dieser Erde, desto besser, das war es, was sie wollte. Als sie ganz alleine durchs All schwebte und aus dem Fenster schaute, wurde ihr klar, wie klein die Erde ist. Und wie läppisch ihre Probleme.

»Dieses Mädchen, das bin nicht ich«, hatte sie gleich behauptet. Ich habe ihr nur so halb geglaubt.

»Okay, ein bisschen vielleicht«, gab sie zu.

Die Geschichte, die sie für mich schrieb, handelt von einem Jungen, der sich nichts sehnlicher wünscht, als unsichtbar zu werden. Er hofft, das hinzukriegen, indem er sich wie ein Chamäleon so gut wie möglich an seine Umgebung anpasst. Seine Kleidung, seine Art zu sprechen, wie er geht, seine ganzen Bewegungen, alles ist darauf ausgerichtet, und er versteht es zu perfektionieren, bis irgendwann niemand mehr weiß, dass es ihn gibt. Polly hatte daraus eine urkomische Geschichte gemacht.

»Dieser Junge, das bist nicht du«, sagte sie.

Meine Takamine steht an einer Wand in der Zimmerecke. Ich muss an Ernie Hawkins denken. In einem Tutorial auf YouTube erklärt er, wie man Lightnin' Hopkins' *Lonesome Road Blues* auf der Gitarre spielt. Der Song hat einen tollen Drive, einen durchgehenden Bass, den man mit dem Daumen auf der tiefen E-Saite zupft, monoton wie ein Herzschlag, und das geht immer weiter und hört nie auf. Bum-bum, bum-bum, bum-bum, bum-bum. Abendelang habe ich in meinem Zimmer gesessen und geübt, um den Bogen rauszukriegen, und sogar Evi ist rappelig davon geworden, obwohl sie sonst viel von meinem Herumgestümper ertragen kann. Ernie vergöttert Lightnin' Hopkins, und in seinem Tutorial kann er nicht genug betonen, wie großartig er ist. Und dann gibt Ernie einem einen Rat. Er sagt, man müsse diesen Song spielen, wenn man vor der Himmelspforte steht, denn dann wird man mit hundertprozentiger Sicherheit reingelassen. »*Just make sure you bring your guitar along and you'll be fine.*«

*

Es sollte ein glutheißer Tag werden, zweiunddreißig Grad, an manchen Orten vielleicht sogar noch mehr. Am Morgen war es schon brütend heiß, und wir wollten am Bach picknicken, Evi, Polly und ich, das war der Plan, es war Evis Idee, sie hatte sich das am Abend zuvor ausgedacht. Eigentlich wollten Polly und ich an diesem Tag in die Stadt shoppen fahren, aber Evi kam mit einer langen Liste an Gründen, warum wir das besser nicht tun sollten, und schließlich gaben wir nach. Auch weil Schwimmen im Bach viel verlockender klang, als in einer glutheißen Stadt herumzulaufen.

Es hatte in der Nacht heftige Unwetter gegeben, eine Art Tropensturm war übers Land gefegt, und ich erinnere mich noch, wie ich gegen drei Uhr morgens von einem lauten Donnerschlag geweckt wurde, als hätte irgendwo in der Nachbarschaft eine Bombe eingeschlagen, ich saß sofort senkrecht im Bett. Aber am nächsten Morgen war alles wieder ruhig, die Sonne strahlte, und der Himmel war blau, als hätte es nie einen Sturm gegeben. Im Fernsehen sahen wir Bilder eines völlig zerstörten Hauses, nicht einmal so weit von uns entfernt, eine Windböe hatte das Dach abgedeckt, während die Bewohner, ein Ehepaar, im Bett gelegen hatten. Wie durch ein Wunder waren sie unverletzt geblieben. Sie wurden vor den Überresten ihres Hauses interviewt, der Mann wirkte seltsam fröhlich, während seine Frau immer noch halb unter Schock stand. Und aus der Tatsache, dass die beiden noch lebten, schloss der Reporter erleichtert, dass es noch viel schlimmer hätte kommen können.

Meine Mutter meinte, der Regen sei auf jeden Fall ein Segen für die Pflanzen, denn seit Wochen war kein Tropfen mehr gefallen, fast jeden Tag musste sie oder mein Vater Pflanzen im Garten gießen, damit nicht alles vertrocknete.

Wie auch immer.

Gegen elf kam Polly angeradelt, und als wir unsere Sachen zusammengepackt hatten und gerade los wollten, klingelte mein Telefon. Es war Großvater. Ob ich ihm was am Computer helfen könnte, der wäre blockiert oder so was, Opa konnte es nicht richtig erklären, aber ich müsste kommen, und zwar jetzt sofort. Er schwor mir, dass es nicht lange dauern würde.

»Wir warten auf dich«, sagte Polly, die neben mir stand und das Gespräch mitgehört hatte.

»Ja, oder wir gehen schon mal los«, sagte Evi. »Er holt uns sowieso ein.«

So haben wir es gemacht. Wie Evi es vorgeschlagen hat. Sie machten sich zu Fuß auf den Weg zum Bach, und ich stieg aufs Fahrrad und fuhr zu Opa. Ich fand ihn im Garten, er saß mit einer Tasse Kaffee in einem Gartenstuhl im Schatten des Sonnenschirms. Als er mich sah, rief er, ich solle mir auch erst mal einen Kaffee aus der Küche holen, er habe gerade welchen aufgesetzt. Ich habe aber abgewinkt, weil ich gleich loslegen wollte. Wir gingen in sein Arbeitszimmer, und ich kroch hinter den PC. Großvater schaute mir über die Schulter und gab alle möglichen unsinnigen Anweisungen, die mich hauptsächlich ablenkten, weshalb alles viel länger als nötig dauerte; am liebsten hätte ich ihn aus dem Zimmer gescheucht. Als ich etwa eine Dreiviertelstunde später endlich fertig war, versprach ich, am nächsten Tag wiederzukommen, denn in der Zwischenzeit hatte er sich alle möglichen anderen Aufgaben für mich ausgedacht. Er ging mit zu meinem Fahrrad und steckte mir ein bisschen Geld zu, wie er das immer macht, wenn ich ihm bei irgendetwas geholfen habe. Ich fuhr los, Richtung Wald, wo ich mein Fahrrad an einen Baum lehnte und Polly appte, dass ich auf dem Weg sei. Sofort bekam ich eine Nachricht zurück. »Wir sind schon fast da. Bis gleich!«

Das Unwetter der vergangenen Nacht hatte ordentlich gewütet, der Wald sah aus wie ein Schlachtfeld, überall lagen abgebrochene Äste herum, und hier und da waren sogar ganze Bäume mit Wurzeln und allem aus dem Boden gerissen. Immer wieder musste ich drüberklettern, weil sie den Weg versperrten. Aber die Luft war frisch und klar, es roch nach Harz und Blättern, und ich glaube, ich war ungefähr auf halbem Weg, da sah ich in der Ferne etwas liegen. Als ich näher herankam, sah ich, dass es ein Reh war, ein noch junges Tier, es lag halb im Gebüsch, und ich dachte oder hoffte, dass das Tier vielleicht schliefe oder mich nicht bemerkt hätte. Aber es lag da lang ausgestreckt auf dem Boden und mit weit geöffneten Augen, als würde es mich beobachten. Es war tot, ich sah Blut an seinem Kopf. Vielleicht war das Tier den Abend vorher von einem herabfallenden Ast erschlagen worden. Was sollte ich tun? Die Polizei rufen? Einen Förster? Oder vielleicht nichts und die Natur machen lassen? Was tut man mit einem toten Reh? Ich suchte auf meinem Handy die GPS-Koordinaten, um den Standort vielleicht später jemandem mitteilen zu können, vielleicht hatte Polly eine Idee. Als ich weiterging, erinnerte ich mich daran, dass wir einmal bei meinem Großvater einen zu Gulasch verarbeiteten Hasen gegessen hatten. Beim Nachtisch erzählte er, er habe den Hasen einige Tage zuvor mit dem Auto überfahren. Unglücklicherweise war ihm das Tier vor die Räder gesprungen, und er hatte nicht mehr rechtzeitig bremsen können. Er hatte den Wagen geparkt, war ausgestiegen, hatte den Hasen an den Ohren gepackt und das Tier in den Kofferraum geworfen.

»Es wäre schade drum gewesen, ihn einfach so liegen zu lassen«, sagte er, und wir sahen ihn alle erschrocken an. Später dachte ich, dass er natürlich recht hatte: Ihn zu essen, war das einzig Vernünftige, was man mit dem toten Hasen hatte tun können. Vielleicht sollte ich Opa anrufen.

Ich weiß noch, wie still es im Wald war. Und je näher ich dem Bach kam, desto ruhiger wurde es, als hätten alle Vögel gleichzeitig beschlossen, das Zwitschern einzustellen; als einziges Geräusch vernahm ich nur noch meine eigenen Schritte. Ich kam zu den Rhododendren, der Weg durch die Büsche war schlüpfrig und mit rosa und violetten Blättern der fast verblühten Blumen bedeckt; ich lief wie auf einem weichen Teppich. Und das erste, was ich sah, als ich aus dem Tunnel kam, war die siamesische Eiche, von der eine Hälfte noch stand, die andere aber im Wasser lag. Der Baum war am Stamm auseinandergerissen, genau an dem Punkt, wo die zwei Bäume vor mehr als hundert Jahren miteinander verwachsen waren, es musste in der Nacht passiert sein. Dann schoss mir durch den Kopf, dass Polly und Evi nichts mehr hatten von sich hören lassen, denn sie hätten mir doch ganz sicher eine Nachricht geschickt, wenn sie das hier gesehen hätten. Vielleicht waren sie noch nicht am Bach angekommen, weil sie irgendwo unterwegs aufgehalten worden waren.

Aber dann sah ich sie. In ihren Bikinis, ein bisschen weiter oben am Ufer in der Sonne. Evi saß aufrecht im Sand, und Polly lag vor ihr, auf dem Rücken, mit dem Kopf in Evis Schoß. Ihre Beine baumelten halb im Wasser.

Sie hielten Händchen.

Evi streichelte Pollys Gesicht.

Und dann ihre Schulter.

Ganz lieb und zärtlich.

Ich konnte es kaum glauben, und erst dann sah ich das Blut.

Und dass sich Polly nicht bewegte.

Ich begann zu rennen, zu schreien, zu kreischen, Evi wandte ihr Gesicht in meine Richtung: eine einzige Trauer in ihrem Blick. Und Pollys blutiger Kopf in ihrem Schoß.

Bis es aufhört

Die siamesische Eiche war während des Unwetters in der vorangegangenen Nacht vom Blitz getroffen worden und hätte eigentlich sofort umfallen müssen, denn sie war von innen völlig morsch. Aber sie fiel nicht um, zumindest nicht gleich, sondern schwankte stundenlang in einer bizarren Balance zwischen aufrecht Stehenbleiben und Untergang.

Als die Mädchen am Bach ankamen, waren sie verschwitzt und wollten sofort schwimmen gehen, sie zogen ihre Bikinis an und kletterten auf den Ast, um von dort aus ins Wasser zu springen. Wie sie das schon so oft getan hatten. Sie haben nicht bemerkt, dass der Baum kurz vor dem Auseinanderbrechen stand. Polly ließ sich schon im Wasser treiben, und Evi wollte ihr gerade hinterherspringen, als es schiefging. Der Baum stürzte über Polly, die Äste drückten sie unter Wasser, sie blieb darin hängen und versuchte noch, hochzukommen, um Luft zu kriegen.

Aber sie schaffte es nicht.

Sie ertrank.

Das ist es, was uns die Polizei gesagt hat. Sie meinten, Evi habe mächtiges Glück gehabt, denn dieselben Äste, die Polly unter Wasser gedrückt hatten, waren für Evi ein sicherer Untergrund, um über der Wasseroberfläche zu bleiben. Und irgendwie muss sie es geschafft haben, Polly unter den Ästen hervorzuzerren und ans Ufer zu schleppen, ich weiß nicht, wie sie das hingekriegt hat. Als ich sie danach fragte, konnte sie sich an nichts erinnern. Alles war schwarz, alles war weg. Leer.

»Ein Vakuum«, sagte sie.

*

Polly wurde an einem Mittwoch beerdigt, und es gab eine Trauerfeier in der Kirche. Ich hatte nicht gewusst, dass Pollys Mutter religiös war, und ich glaube auch nicht, dass sie es wirklich ist, aber sie bestand auf einer Trauerfeier. Es spielt auch keine Rolle, tot ist tot, und all die Rituale dienen hauptsächlich dazu, die Hinterbliebenen zu trösten. Wir saßen in der ersten Reihe, Pollys Mutter, meine Eltern, mein Großvater und ich. Evi saß neben mir, sie hatte Tabletten genommen, um ruhig zu bleiben. Ich war an diesen ersten Tagen fast immer bei ihr, um sie im Auge zu behalten, das war die Aufgabe, die ich mir auferlegt hatte. Und gleichzeitig war es das, was mich auf den Beinen hielt, schätze ich mal, denn ich hatte jemanden, um den ich mich kümmern musste, und konnte es mir deshalb schlicht nicht leisten, selbst zugrunde zu gehen. Eine Tante von Polly, Tante Margreet, die Schwester ihrer Mutter, war auch da, sie war schon einen Tag früher gekommen. Ihr Vater war nirgends zu erkennen, obwohl ich weiß, dass er über den Unfall informiert worden war. Aber auch das spielte keine Rolle, Polly hätte ihn nicht vermisst. Henry und Suzan saßen schräg hinter mir, ich war froh, dass er da war. Vorne im Raum, auf einem Podium, hatte man den Sarg aufgestellt, er war noch offen, und irgendwer hatte kitschige Blumenkränze drum herum arrangiert. Auf der Kanzel stand der Pastor, der die Zeremonie leitete und der Polly nicht einmal gekannt hatte. Er redete von Verlust, Trauer, Hoffnung und Himmel, und dass es bei solchen Unfällen schwer zu verstehen ist, dass der Herr nur sein Bestes mit uns im Sinn habe. Aber dass man trotzdem stark im Glauben bleiben müsse.

»Gerade dann«, sagte er.

Ich hätte am liebsten geschrien.

Sie spielten *This Is Not For You* von den Blood Red Shoes, weil ich ihnen gesagt hatte, dass das eins von Pollys Lieblingsliedern gewesen ist. Es war unwirklich, es hier zu hören, wir hatten es einmal zusammen gespielt, bei Polly zu Hause, in ihrem Zimmer, ich auf der Gitarre, und Polly hat gesungen. »*Let's pretend that everything is alright. / Let's pretend that everything is just fine.*«

Dann kam der Moment, vor dem ich mich am meisten fürchtete und Evi wahrscheinlich noch viel mehr. Abschied nehmen. Gemeinsam stiegen wir Hand in Hand das Treppchen zum Podium hinauf, auf den Sarg zu, hinter Pollys Mutter und Tante. Evi trug das tiefschwarze Kleid, das sie am Tag zuvor zusammen mit Opa gekauft hatte. Darunter schwere Armeestiefel, die so gar nicht dazu passten, die sie aber unbedingt hatte anziehen wollen. Wegen Polly, denke ich, weil Polly selbst auch am liebsten solche Schuhe trug. Als wir in den Sarg schauten, merkte ich, wie Evis Hand meine drückte. Polly lag auf einem Bett aus weißem Samt, man hatte ihr ein weißes Kleid angezogen, und es sah aus, als schliefe sie nur, wie ein Dornröschen, das darauf wartet, wachgeküsst zu werden. Ich schlug meinen Arm um Evi und zog sie an mich, sie zitterte am ganzen Körper.

Wir blieben nur kurz am Sarg stehen, als wir wieder zu unseren Plätzen zurückliefen, musste ich Evi aufrecht halten. Dann kamen sechs Männer, sie schlossen den Sarg und trugen ihn aus der Kirche. In einem kleinen Trauerzug begaben wir uns zum etwa zwei Kilometer entfernten Friedhof. Dann standen wir alle um das Grab herum, und während der Pastor noch einmal über Trauer, den Herrn und den Himmel sprach, ließen sie Polly an Seilen in die Erde hinab, es ging verdammt schnell. Abwechselnd warfen wir eine Handvoll Erde auf den Sarg, und unter den Leuten wurden Rosen in allen Farben des Regenbogens verteilt, denn Polly liebte Rosen.

Evi warf den Zweig eines Rhododendronstrauches auf den Sarg, ich weiß nicht, wo sie den auf einmal herhatte, aber plötzlich stand sie mit diesem Zweig in den Händen da. Polly hätte es zu schätzen gewusst, da bin ich mir ganz sicher. Die Hand des Pastors war warm, er wünschte mir Kraft. Als alles vorbei war und wir den Friedhof verließen, schaute ich mich noch einmal um und sah, wie in der Ferne zwei Männer schon anfingen, das Grab mit dem Haufen Erde, der daneben lag, zuzuschaufeln, als ob sie es eilig hätten und rechtzeitig nach Hause wollten.

Es gab einen kleinen Empfang, und die Leute schüttelten Hände, sprachen ihr Beileid aus, sagten etwas oder nickten einfach nur verständnisvoll mit dem Kopf, das meiste davon rauschte an mir vorüber. Danach gingen wir irgendwo was essen, aber niemand hatte Hunger, und als ich endlich nach Hause kam, war es, als ob mich der ganze verpasste Schlaf der letzten Nächte auf einen Schlag überwältigte.

Als ich am nächsten Morgen erwachte, lag Evi neben mir, sie muss nachts, ohne dass ich es mitbekommen hatte, in mein Bett gekrochen sein. Ihre Augen waren geöffnet, und sie schaute an die Decke.

»Ich habe geträumt, dass ich aufwachte und nach unten ging, und Polly stand in der Küche und wartete auf mich«, sagte sie monoton und ohne den Blick von der Decke abzuwenden.

»Sie hat mich an sich gedrückt, der Tisch war gedeckt, und wir wollten alle frühstücken, du auch.«

Evi hatte geweint, ihre Augen waren rot und feucht. Sie weinte oft, im Gegensatz zu mir, denn ich konnte es nicht, etwas in mir war blockiert, ich weiß nicht warum, ich fühlte mich sogar schuldig deswegen, als ob mit mir etwas nicht stimmte. Erst eine Woche nach der Beerdigung, bei Henry im Arbeitszimmer auf der Chaiselongue und abgeschottet vom Rest der Welt, hat es funktioniert, und ich war nicht einmal darauf vorbereitet. Als er fragte, wie es mir gehe, war es, als bräche ein Staudamm, alles floss über, und ich weinte, bis alles raus war.

»Vielleicht hast du recht«, sagte ich zu Evi und versuchte, so vergnügt wie möglich zu klingen. »Vielleicht werden wir gleich wach und gehen zusammen frühstücken. Unten am Tisch.«

Sie versuchte zu lächeln, aber es wollte ganz und gar nicht klappen.

*

»Habt ihr mich vermisst?«, fragte Polly, nachdem sie und ihre Mutter ein paar Tage zu Besuch bei ihrer Tante gewesen waren. Ich kannte Polly damals erst seit zwei Monaten, sie lag in meinen Armen, und ich sagte, ihre Frage klinge wie eine schlechte Zeile aus einem schlechten Film.

Ich vermisse Polly jeden Tag, jede Stunde, jede Minute, jede Sekunde, von dem Moment an, an dem ich morgens aufwache, bis ich abends wieder in Schlaf falle. Wenn ich überhaupt einschlafe.

Ich vermisse sie in meinen Träumen.

Ich habe ihren Namen mit meinem Blut an die Wand geschrieben, Buchstabe für Buchstabe neben meinen Kissen, P-O-L-L-Y, das Rot ist inzwischen dunkelbraun, fast schwarz geworden. Ich gehe so ziemlich jeden Tag auf den Friedhof, heute Nachmittag bin ich auch da gewesen. Ich habe mich mit dem Rücken an den Grabstein gesetzt und vor mich hingestarrt, ich weiß nicht, wie lange. Ein älteres Ehepaar kam vorbei, sie blieben einen Moment stehen und nickten mir freundlich zu. Ich nickte zurück, alles in Ordnung, dann gingen sie weiter. Ich habe mir eine Zigarette angezündet und die Augen geschlossen, Pollys Körper direkt unter mir, weniger als zwei Meter entfernt. Es ist ein seltsamer Gedanke, geschieden durch nichts weiter als den Tod und ein bisschen Erde. Mir wurde ganz schwindlig.

*

Meine Eltern taten ihr Bestes, um Evi und mich zu trösten, auch wenn sie nicht recht wussten, wie. Wir waren in den ersten Wochen nach dem Unfall so gut wie immer zusammen, Evi und ich, entweder in meinem oder ihrem Zimmer, oder unten im Wohnzimmer bei meinen Eltern. Wir sprachen nicht viel, Polly war tot, und damit war alles gesagt. Als ich das erste Mal wieder in die Schule ging, drehten sich alle Köpfe in meine Richtung, denn alle wussten, was passiert war, einige fragten, wie es mir ginge, Lehrer, Mitschüler, vor allem Mädchen, als ob ich durch Pollys Tod irgendwie zugänglicher geworden wäre. Sie hatten Polly nicht gekannt, sie hatten sie höchstens einmal gesehen.

Evi blieb noch zu Hause, sie war noch nicht so weit, der Unfall hatte sich direkt vor ihren Augen abgespielt, sie war selbst ein Teil davon gewesen, es hatte sie fast das eigene Leben gekostet. Mir fiel auf, wie sich ihr Verhalten zu verändern begann. Sie zog sich immer öfter in ihr Zimmer zurück. Wenn ich nachmittags von der Schule nach Hause kam, war ihre Tür meist zu. Und wenn ich dann anklopfte, sagte Evi, sie sei müde und wolle sich schlafen legen, irgendwann hatte ich das Gefühl, dass sie mir bewusst aus dem Weg ging. Als ich sie danach fragte, stritt sie es ab. In der Ecke neben dem Kleiderschrank hatte sie einen kleinen Altar errichtet, mit einem Foto von Polly und einer Kerze, auf dem Boden lag ein Kissen, auf das sie sich setzen konnte. Die Vorhänge waren immer geschlossen. Zwei bis drei Wochen lang lebte Evi in einer Art dunkler Höhle, aus der sie nur auf Drängen meiner Eltern oder von mir mal eben herauskam. Am Abend wünschte ich ihr durch die Tür gute Nacht.

»Jeder geht auf seine eigene Weise mit Verlust um«, sagte Henry. Wir ließen ihr Raum und Zeit. Regelmäßig stellte meine Mutter einen Teller mit Essen vor die Tür, den Evi manchmal nahm, oft aber auch nicht. Und kurz bevor wir uns wirklich Sorgen zu machen begannen, kam sie eines Morgens ganz von selbst an den Frühstückstisch. Sie hatte sich die Haare kurz geschnitten und schwarz gefärbt, wie sie es schon einmal in ihrer kurzen Gothic-Phase getan hatte. Ihre Lippen waren dezent rot geschminkt, und sie trug dasselbe schwarze Kleid, das sie zu Pollys Beerdigung angehabt hatte.

»Ich gehe in die Bibliothek«, sagte sie in einem seltsam heiteren Tonfall, den ich seit langem nicht mehr von ihr gehört hatte, meist troff die reinste Niedergeschlagenheit aus ihren Worten. Ich bot ihr an, sie zu begleiten, aber sie wollte nicht. Als sie zwei Stunden später mit einem Riesenstapel Bücher nach Hause kam, verschwand sie sofort in ihrem Zimmer und begann zu lesen. Zwanghaft, wie eine Besessene. Und wenn sie nicht las, schrieb sie Tagebuch.

»Es lenkt mich ab«, sagte sie, als ich danach fragte.

Vielleicht half es ihr, allem einen Platz einzuräumen, dachte oder hoffte ich. Polly hat immer gesagt, dass das Schreiben ihr helfen würde, die Dinge besser zu durchschauen und zu relativieren, und das genau war es, was Evi in dem Moment brauchte. Ihr schwarzes Haar, das Make-up und die Tatsache, dass sie fast jeden Tag das gleiche schwarze Kleid trug, wie eine trauernde Witwe, nahm ich als selbstverständlich hin. Ich wusste, dass sie manchmal auch in den Klamotten schlief.

*

Ich bin noch einmal in Pollys Zimmer gewesen. Ich hatte ihre Mutter besucht, wie ich das öfter tat, und dann tranken wir Tee oder Kaffee und unterhielten uns ein bisschen, so gut es eben ging. Sie kannte hier noch immer nur wenige Leute, und ihre Schwester war wieder abgereist.

»Wenn du dich noch einmal in Pollys Zimmer umsehen willst, kannst du das«, sagte sie, als wir im Wohnzimmer saßen. Sie selbst war seit dem Unfall nur einmal drin gewesen, zusammen mit ihrer Schwester, um aufzuräumen und ein paar Sachen zu packen. Danach hatte sie die Tür zu- und nicht wieder aufgemacht.

Ich zögerte, denn das Angebot kam ziemlich unerwartet und fühlte sich komisch an. Aber nicht auf ihr Zimmer zu gehen, wäre natürlich gar nicht gegangen, also stieg ich die Treppe hinauf, wie ich es so oft getan hatte, hinter Polly her. Ich öffnete die Tür und trat ein.

Nichts hatte sich verändert, alles war genau so, wie ich es kannte.

Der Holzschreibtisch an der Wand, der kleine Tisch und die zwei Stühle, das Bett, auf dem Polly und ich so oft gesessen hatten, und die Kiste, in dem sie ihre Tagebücher aufbewahrte, darunter. Ich betrachtete den Schemel in Form eines Elefanten, den wir zusammen auf dem Flohmarkt gekauft haben und den sie Humphrey getauft hatte.

»Humphrey?«

»Ja, ist doch ein schöner Name für einen Elefanten, meinst du nicht?«

Auf dem Nachttisch lag das Buch, in dem Polly gerade gelesen hatte. *Schlachthof* 5 von Kurt Vonnegut.

»Das musst du lesen, das ist echt weird«, hatte sie am Tag vor dem Unglück gesagt, dem Lesezeichen nach zu urteilen war sie etwa bis zur Hälfte gekommen. Und wie ich so dastand, mitten in diesem Zimmer, sah ich uns beide plötzlich wieder die Wände streichen, zur Musik von Tracy Chapman, das war erst drei Monate her. Denn so lange habe ich sie gekannt. Drei Monate. Einen Sommer lang, länger war es nicht. Und es fühlte sich an, als würde sie jeden Augenblick ins Zimmer spaziert kommen.

»Hallo, Elias.«

»Hallo, Polly.«

Als ob sie doch nicht tot wäre. Als wäre der Baum vielleicht etwas früher umgefallen. Oder später. Oder gar nicht, und er stünde immer noch da.

Ich bin nicht lange geblieben, höchstens ein paar Minuten. Als ich das Zimmer wieder verlassen wollte, sah ich Pollys goldene Kette an einem Haken an der Wand hängen, die Halskette mit dem türkisfarbenen Delfin, die ich ihr geschenkt habe. Sie hat sie oft getragen, aber nicht am Tag des Unfalls. Ich habe sie genommen und in meine Tasche gesteckt. *Schlachthof* 5 habe ich auch mitgenommen. Wieder unten im Wohnzimmer erzählte Pollys Mutter, dass sie eine Weile zu ihrer Schwester ziehen werde, und ein paar Tage später war sie weg. Wir schreiben uns ab und zu eine SMS, und angesichts der Umstände geht es ihr gut. Vor Kurzem hat sie geschrieben, sie habe das Haus verkauft, ihren Job gekündigt und eine Wohnung in der Nähe ihrer Schwester gemietet. Sie wolle Polly umbetten lassen, um sie näher bei sich zu haben. Die Kette durfte ich behalten, ich habe sie Evi gegeben, die hat sich gefreut und sie gleich umgelegt. *Schlachthof 5* habe ich in einer Nacht ausgelesen. Und ich hatte ständig das Gefühl, dass Polly über die Schulter mitlesen würde, weil sie auch gern wissen wollte, wie die Geschichte ausgeht.

Sie hatte recht.

Das Buch ist weird.

Mehr als weird.

Es ist völlig irre.

*

Als wir eines Abends zu viert am Esstisch saßen und Evi mit der Gabel auf ihrem Teller mit Spaghetti Bolognese herumstocherte, machte sie eine komische Bemerkung.

»Polly geht es gut. Sie ist glücklich.«

Mitten in die Stille hinein, ganz lässig. Wir schauten Evi an, und Evi sah auf ihren Teller.

»Ja«, sagte meine Mutter, und mein Vater und ich nickten zustimmend. Und in den darauffolgenden Tagen tat sie so was öfter und kam mit beruhigenden und tröstenden Mitteilungen über Polly. Oder *von* Polly. Ganz beiläufig, zwischen Tür und Angel.

»Sie liebt dich immer noch sehr, weißt du?«, sagte sie beispielsweise. Oder: »Polly will nicht, dass du so traurig bist.« Ich wusste nicht recht, was ich darauf antworten sollte und nickte hauptsächlich, sagte »ja« oder gar nichts und beließ es dabei. Aber dann fiel mir auf, dass Evi immer öfter für ein paar Stunden verschwand, und wenn ich sie fragte, wo sie gewesen war, sagte sie immer »in der Bibliothek« oder »bloß mal in der Stadt« oder gab eine andere vage und ausweichende Antwort. Doch weil ihre Schuhe voller Schlamm waren, schwante mir etwas. Als sie wieder mal in die Bibliothek wollte, bin ich ihr in gewissem Abstand gefolgt, und mein Verdacht bestätigte sich, sie ging geradewegs in den Wald, auf ihrer Prothese und mit einem kleinen Rucksack auf dem Rücken. Ich ging ihr ein Stück hinterher, um sicher zu sein, und kehrte dann um. Denn ich wollte Evi nicht nachspionieren, ich wollte nur wissen, wohin sie ging, und jetzt wusste ich es. Als sie später am Nachmittag nach Hause kam, verschwand sie sofort in ihrem Zimmer, ich klopfte an ihre Tür, aber sie wollte allein sein.

»Bist du noch mal am Bach gewesen?«, fragte ich am nächsten Morgen, als ich sie in der Küche traf. Sie schaute mich an, als ob sie etwas sagen wollte, überlegte es sich aber und sagte etwas anderes, als sie zuerst gewollt hat.

»Du weißt es, nicht wahr?«

Ich zuckte mit den Schultern.

»Ich kann nicht anders«, sagte sie.

Es klang fast wie eine Entschuldigung.

»Du musst es nicht seltsam finden«, sagte sie und erzählte mir dann, dass sie manchmal Pollys Stimme höre. Im Kopf. Und es war Polly gewesen, die sie gebeten hatte, zum Bach zu kommen, sie hatte Evi versichert, dass sie keine Angst zu haben brauche. Aber die Angst kam trotzdem; und je tiefer Evi in den Wald kam, desto größer sie wurde.

»Nicht vor Polly«, sagte Evi, »sondern vor dem Ort.«

Ungefähr auf halber Strecke wollte sie umkehren, aber es ging nicht, sie musste weiterlaufen, ob sie wollte oder nicht.

»Wie eine Marionette, bei der jemand die Fäden zieht.«

Als sie die Rhododendren erreicht hatte, war es, als ob eine unsichtbare Hand sie durch den kleinen Tunnel zerren würde, sagte sie, und dann stand sie der halb im Wasser liegenden siamesischen Eiche direkt gegenüber.

»Und weißt du, was seltsam ist?«, fragte Evi.

Ich schüttelte den Kopf. »Was denn?«

»Es hat mich total beruhigt.«

Polly sei da irgendwo am Bach, sagte Evi, sie wäre eine Waldelfe geworden oder eine Wassernymphe, für

Menschen so gut wie unsichtbar. Evi erzählte, dass Polly immer glücklich sei, wenn sie sie sähe. Dann setzt sie sich ans Ufer, und sie sprechen über all die Dinge, über die sie sich auch sonst unterhielten, als Polly noch am Leben war. Evi sagte auch, dass Polly immer frage, wie es mir gehe. Und Papa und Mama.

»Und was sagst du dann?«

»Dass es nicht so gut geht.«

Sie erklärte, dass es Pollys Idee gewesen war, viel zu lesen.

»Polly ist tot«, sagte ich.

Evi zuckte mit den Schultern.

»Ich weiß.«

Und vielleicht hätten da bei mir alle Alarmglocken schrillen müssen. Weil Evi mit Toten sprach. Aber ich fand es nicht einmal merkwürdig, weil ich selbst auch mit Polly sprach. Manchmal, wenn ich nachts im Dunkeln im Bett lag, fühlte es sich an, als wäre sie ganz in der Nähe. Heute noch. Aber im Nachhinein betrachtet war es doch etwas anderes.

Ein paar Tage später sind Evi und ich zusammen zum Bach gegangen, sie behauptete, sie habe mich schon früher fragen wollen, traute sich aber nicht, weil sie Angst hatte, ich würde es eigenartig finden, an den Ort zu gehen, wo alles passiert war. Ich sagte, dass daran nichts

Eigenartiges wäre. Schweigend liefen wir durch den Wald, Seite an Seite, und ich verstehe, was Evi gespürt haben muss, als sie ganz allein hier gewesen ist. Denn je näher wir kamen, desto beklommener wurde mir, es war, als würden sich meine Schuhe langsam mit Blei füllen, mit jedem Schritt ein bisschen mehr. Den ganzen Weg über schaute sich Evi wie ein Erdmännchen um, nach links und nach rechts, und manchmal auch nach hinten.

»Sie ist hier irgendwo, sie folgt uns«, sagte sie, als sie bemerkte, dass ich sie beobachtete. Und das war genau, was ich auch empfand. Dass Polly hier irgendwo war, zwischen den Bäumen und Büschen, wie eine Art Geist, und dass sie uns im Auge behielt. Es machte mir Angst. Als wir die Rhododendren erreichten, begann ich ernsthaft daran zu zweifeln, ob wir noch weitergehen sollten. Aber es gab keinen Weg zurück und ich folgte Evi durchs Gebüsch und hatte Angst, dass die Panik zuschlägt, sobald ich auf der anderen Seite wäre.

Aber als ich das Wasser mit dem Baum darin sah, etwa zwanzig Meter von uns entfernt, passierte gar nichts, die Eiche lag da, als hätte sie schon immer genauso da gelegen und nicht anders. Ich sah Evi an, sie zwang sich zu einem Lächeln.

»Warte mal«, sagte sie lebhaft und ging ein Stück weiter zu einer jungen Eiche, an deren Ästen ich eine kleine kupferfarbene Laterne hängen sah. Sie öffnete das Türchen und zündete mit einem Streichholz die Kerze an.

»Polly liebt Kerzen«, sagte sie. Dann holte sie noch eine Laterne aus ihrem Rucksack und gab sie mir. Zusammen mit den Streichhölzern.

»Bitte.«

Ich habe sie neben Evis gehängt und ebenfalls die Kerze angezündet.

»Das ist doch schön!«, sagte Evi.

Wir setzten uns nebeneinander ans Ufer und schauten aufs Wasser hinaus. Hin und wieder sagten wir etwas, vor allem kurze, nichtssagende Sätze, und allmählich versanken wir in unsere eigenen Gedanken. In meinem Kopf dämmerten Bilder von Polly auf, wie ich sie in Erinnerung hatte.

Ich sah sie wieder die Straße auf der Suche nach dem Supermarkt entlanglaufen, an dem Tag, an dem wir uns kennengelernt hatten, Polly in ihrem gelben T-Shirt mit dem Peace-Zeichen drauf, das sie so sehr liebte.

Ich sah uns am Tisch sitzen, zusammen mit Evi und meinen Eltern, bei uns im Garten, als sich mein Vater in der Küche so abgemüht hatte. Zum ersten Mal im Kino und rauchend auf der Bank im Park. Mit Evi in Evis Zimmer. Solche Bilder. Schöne Bilder. Und langsam spürte ich, wie eine Wärme in mir aufstieg, in meinem Innersten, in meiner Brust. Und diese Wärme breitete sich wie ein Ölfleck im ganzen Körper aus, und es begann überall zu kribbeln. Es war komisch, so ein Glücksgefühl ausgerechnet an einem Ort wie diesem zu erfahren. Doch plötzlich schien es, als würde der Film ausgewechselt, und die Bilder vom Tag des Unfalls drängten sich mir auf. Ich sah, wie ich nachts von diesem ohrenbetäubenden Donnerschlag geweckt wurde. Meine Mutter sitzt am Frühstückstisch und sagt, dass sich die Pflanzen über den Regen freuen. Es klingelt an der Tür. Polly kommt herein. Opa ruft an und fragt, ob ich ihm mit dem Computer helfen könnte, ich hätte am liebsten Nein gesagt, aber ich sage Ja. Ich radle zu ihm, Evi und Polly gehen schon mal voraus zum Bach, alles dauert länger, als ich angenommen hatte. Ich laufe durch den Wald. Das tote Reh. Die Stille, der Blumenweg direkt durch die Sträucher, die siamesische Eiche, die noch halb aufwärts steht und halb im Wasser liegt. Evi und Polly, ein Stück weiter, am Wasser, in der Sonne. Pollys Kopf in Evis Schoß, Evi streichelt sie. Die Verwirrung. Das Blut.

Ich begann am ganzen Körper zu zittern und konnte kaum atmen, da spürte ich, wie Evi meine Hand ergriff.

»Ganz ruhig«, flüsterte sie.

Ich öffnete die Augen und sah dann, wie sich auf der anderen Seite des Baches etwas bewegte: ganz kurz nur ein Schatten zwischen zwei Bäumen, fast durchsichtig.

»Da, schau«, flüsterte Evi, als ob sie es auch gesehen hätte, »sie ist hier irgendwo.«

Dann nahm sie ihre Halskette ab, Pollys Halskette mit dem kleinen Delfin, und fragte, ob ich sie in einen Baum hängen wolle, sie wusste schon genau, in welchen und zeigte ihn mir.

»Den da.«

»Bist du sicher?«

Sie nickte.

Ich kletterte in den Baum und hängte die Halskette hoch an einen Ast. Und wenn das Licht der Sonne oder des Mondes darauf scheint, sieht man es direkt durch die Äste blinken.

Und vielleicht hätte es genau so enden sollen. Evi und ich beieinander am Ufer des Baches mit brennenden Kerzen und Pollys Halskette hoch oben in einem Baum. Dass mit der Zeit der Schmerz erträglicher werden würde, jeden Tag ein bisschen mehr, jeden Tag ein bisschen besser, eine Wunde, die sich allenfalls schließen, aber nie ganz verschwinden würde. Und dass vielleicht der Albtraum Erinnerungen an all das Schöne, das Polly uns gebracht hatte, weichen würde.

So etwas.

Aber so endet es eben nicht.

Evi begann zu erzählen, es kam von ganz tief drinnen.

»Weißt du noch, dass ich gesagt habe, dass Polly und ich auf dem Ast saßen und Polly zuerst ins Wasser gesprungen ist?«

Ich nickte.

»Und dass ich ihr dann nachgesprungen bin?«

Ich schaute meine Schwester an, sie starrte geradeaus, ihr Blick hatte etwas Unheilverkündendes.

»So war es aber nicht ganz.«

Als Evi und Polly am Bach ankamen, wollten sie gleich schwimmen gehen, Polly hatte ihren Bikini längst an, während Evi noch mit ihrer Prothese herummachte.

»Sie hat gefragt, ob sie mir helfen könne, aber ich habe Nein gesagt, und in der Zwischenzeit war sie schon auf den Ast geklettert.«

Polly saß am Ende des Astes, als Evi endlich fertig war. Evi rief Polly vom Ufer zu, sie solle ruhig schon reinspringen, aber das wollte sie nicht, sie wollte lieber warten.

»Damit wir zusammen springen können.«

Polly warnte, dass der Ast vom Regen der letzten Nacht rutschig war, aber Evi kletterte ohne Probleme zu Polly hinauf, und sie war eigentlich fast bei ihr, als sie wegrutschte, Polly kriegte sie gerade noch rechtzeitig zu fassen und zog sie wieder auf den Ast hinauf. Rutschte dann aber selbst weg und fiel ins Wasser. Eigentlich war gar nichts passiert.

»Sie hat sogar noch drüber gelacht und vom Wasser aus gefragt, ob *ich* mich verletzt hätte«, sagte Evi.

Dann war alles sehr schnell gegangen. Das Holz begann zu knarzen, Evi spürte, wie der Baum in Bewegung kam, sie schrie, Polly solle abhauen, aber da war es schon zu spät.

Ich sah Tränen über Evis Wangen laufen. Denn wenn Evi keine Prothese gehabt hätte, dann wäre sie zusammen mit Polly auf den Ast geklettert, und dann wäre sie nicht ausgeglitten, und dann hätte Polly sie nicht festhalten müssen, und dann wäre Polly nicht abgerutscht, und dann hätten sie beide oben auf dem Ast gesessen, als der Baum umknickte. Und dann wäre Polly noch am Leben.

So Evis Argumentation.

»Wenn jemand hätte ertrinken sollen, dann ich, denn ich habe euch doch an diesem Tag überredet, zum Bach zu gehen, weißt du noch? Ihr wolltet gar nicht, du solltest also mich hassen!«

Was?

Zuerst war ich zu perplex, um etwas zu entgegnen, versuchte dann aber zu erklären, dass ihre Erklärung völliger Unsinn war. Totaler Wahnsinn. Der Tod von Polly war nicht Evis Schuld. Denn wenn es in der Nacht kein Unwetter gegeben hätte, dann wäre der Blitz nicht in den Baum eingeschlagen, und wenn es nicht geregnet hätte, wäre der Ast nicht so rutschig gewesen, und dann wäre Evi nicht ausgerutscht und Polly hätte sie nicht festhalten müssen, und sie wäre nicht ins Wasser gefallen. Und genauso gut hätte der Baum früher umfallen können. Oder später. Oder gar nicht, und dann stünde er immer noch. Evis Prothese jedenfalls hatte nichts damit zu tun.

»Es hätte so viel passieren können«, sagte ich, »es hätte ganz anders ausgehen können.«

»Aber es ist nicht anders ausgegangen«, erwiderte Evi.

An diesem Abend, als ich schon im Bett lag, hörte ich einen Schrei aus ihrem Zimmer kommen, und dann einen dumpfen Knall. Ich rannte hinüber und fand Evi aufrecht und bibbernd im Bett sitzend. Ihre Prothese lag in einer Ecke, sie hatte sie mit voller Wucht an die Wand geschleudert.

»Ich gehöre nicht hierher«, sagte sie.

*

»Gerade habe ich Polly wiedergesehen.«

Es war keine zwei Wochen später, ich schlief noch halb und dachte, dass Evi vielleicht meinte, sie hätte von Polly geträumt. Aber sie hatte nicht geträumt, sie war mitten in der Nacht aufgestanden, hatte sich angezogen und war wieder den ganzen Weg zum Bach gelaufen.

»Sie wollte so gerne, dass ich zu ihr komme, letzte Nacht war Vollmond.«

Evi hatte sich ans Ufer gesetzt, und trotz der Kälte hätte es sich warm angefühlt, sagte sie, als ob irgendwo ein Feuer brennen würde. Sie erzählte von seltsamen silberblauen Nebelschwaden, die plötzlich über der Wasseroberfläche erschienen waren. Und diese Schlieren veränderten allmählich ihre Form, Evi sah, wie sich Arme und Beine bildeten, ein Körper und ein Kopf. Polly. Wie ein Hologramm, das über dem Wasser tanzt, eine Waldelfe oder Wassernymphe, so beschrieb Evi, was sie gesehen hatte.

»Sie lächelte mich an, sah aber auch ganz traurig aus.«

Evi winkte Polly, und Polly winkte zurück.

»Sie wollte, dass ich zu ihr komme.«

Und genau das hat Evi getan, sie ist ins Wasser gegangen, mit Prothese und allem. Doch als sie ein paar Schritte getan hatte, war Polly plötzlich verschwunden. Aufgelöst im Nebel, im Nichts.

Halluzinationen.

Wunschbilder.

So was, dachte ich.

Denn ich hatte auch etwas gesehen, das sich zwischen den Bäumen bewegte, als Evi und ich am Bach gewesen waren.

»Warum hast du mich nicht geweckt?«, fragte ich.

»Dann hättest du mich abgehalten.«

Ich sagte, dass ich sie nicht abgehalten hätte, und dass sie mich das nächste Mal wecken müsse, denn dann wollte ich mitgehen.

»Okay.«

»Versprichst du das?«

Sie versprach es.

»Du hättest sie sehen sollen«, sagte Evi, »sie war so schön.«

Sie hielt sich tapfer, aber ihrer Stimme war anzumerken, dass sie mit den Tränen kämpfte.

*

Es ist Viertel nach fünf, ich sitze auf meinem Bett und habe die *Matthäuspassion* laufen. Henry glaubt nicht an Gott, aber Bach lässt ihn daran zweifeln, weil er nicht glauben kann, dass ein Mensch allein in der Lage ist, etwas so Schönes zu schaffen, ohne dass göttliches Eingreifen im Spiel wäre.

Armer Henry.

Seit Pollys Unfall weiß er nicht mehr, was er mir sagen soll. Er redet und gibt sich alle Mühe, munter zu klingen, aber es fällt ihm schwer; was er sagt, ist gut gemeint, aber man merkt an allem, dass er an seinen eigenen Worten zweifelt. Als ich ihn anrief und erzählte, was mit Evi passiert ist, war er völlig sprachlos.

»Verdammt«, war das Einzige, was er nach einer längeren Stille sagte. Ich hatte Henry noch nie fluchen hören, denn Fluchen ist laut Henry nichts anderes als die Unfähigkeit, Probleme auf bessere Weise zu lösen. Aber vielleicht kam das Wort in diesem Moment doch einigermaßen in die Nähe dessen, was er hatte ausdrücken wollen, denn mit allem anderen hätte er total danebengehauen.

Ich hatte erwartet, dass Evi mich in den Tagen vor dem nächsten Vollmond bitten würde, sie zum Bach zu begleiten. Aber sie sagte kein Wort, und als ich selbst damit anfing, schüttelte sie den Kopf.

»Aber, wenn du gehst, sagst du mir Bescheid?«

»Ja.«

»Weil ich dann mitkomme.«

»Das habe ich doch versprochen!«

Sie ist nicht darauf zurückgekommen, und ich rührte lieber nicht daran. Doch am Abend des nächsten Vollmondes, kurz bevor Evi zu Bett ging, packte sie mich, klammerte sich an mir fest und ließ erst los, als ich mich schon mehr oder weniger aus ihrer Umarmung befreit hatte. Später, als ich im Bett lag, konnte ich nicht einschlafen, und gegen zwei Uhr nachts hörte ich Evis Tür ganz leise aufgehen. Ich hörte, wie sie die Treppe hinunter schlich und sich die Haustür öffnete und wieder schloss. Von meinem Fenster aus sah ich Evi im Mondlicht die Straße überqueren, mit einem Rucksack auf dem Rücken.

Das war das letzte Mal, dass ich sie gesehen habe.

Wie sie war.

Und vielleicht hätte ich ihr hinterherlaufen müssen, und es hätte nicht viel gefehlt, dann hätte ich es auch getan. Aber wenn Evi gewollt hätte, dass ich mitkomme, hätte sie mich gefragt. Sie hat das Recht, die Dinge so anzupacken, wie sie es für richtig hält, sie hat genug durchgemacht, und sie ist kein kleines Kind mehr. Und deshalb tat ich nichts und wartete unruhig auf ihre Rückkehr.

Halb fünf Uhr morgens hörte ich ein Auto vor unserem Haus halten, es war die Polizei, zwei Beamte stiegen aus und kamen den Gartenweg hinaufgelaufen. Sie klingelten. Sie hatten Evi gefunden. Sie war nicht tot, sie hatten sie ins Krankenhaus gebracht, und dort war sie ins künstliche Koma versetzt worden, denn Evi hatte versucht, sich an einem Baum am Bach aufzuhängen. Aber der Versuch war gescheitert, weil die Schwerkraft nicht reichte und ihr Genick nicht brach; sie bekam gerade noch genug Luft, um nicht zu ersticken. Kurz vor ihrem Versuch hatte sie die Polizei angerufen und ihre GPS-Koordinaten durchgegeben, weil sie wusste, dass der Bach die erste Stelle sein würde, wo ich sie suchen würde. Als sie sie fanden, brannten überall Kerzen.

Das Seil hatte die Blutzufuhr zu Evis Kopf abgeschnitten, wodurch sie einen Hirnschaden erlitt. Völlige Ruhe würde die Genesung befördern, erklärten die Ärzte, aber als sie sie ein paar Wochen später aus dem Koma holten, war ihr Gehirn nur noch eine Art Brei. Man kann mit Evi reden, und dann hört sie zu, aber richtig verstehen kann sie einen nicht. Sie befolgt einfache Kommandos, ich sehe, wie sich ihre Augen bewegen, aber ich habe keine Ahnung, wonach sie schaut, geschweige denn, was sie denkt. Sie spricht nicht, sondern bringt nur noch seltsame Geräusche hervor, und der Schalk aus ihren Augen ist völlig verschwunden. Ich glaube nicht, dass sie noch weiß, dass ich ihr älterer Bruder bin, und das Einzige, was sie noch zu interessieren scheint, sind Zeichentrickfilme. *Tom & Jerry, Sylvester und Tweety, Road Runner.* Hauptsächlich *Looney Tunes.*

Jeden Tag habe ich aufs Neue gehofft, irgendeinen Fortschritt erkennen zu können, jeden Tag schob ich Evi im Rollstuhl durch die Gegend, drehte Runden ums Haus. Ich habe versucht, kurze Strecken mit ihr spazieren zu gehen, aber es war hoffnungslos. Manchmal fahre ich sie den ganzen Weg zum Friedhof, es sagt ihr nichts mehr, wenn ich Pollys Namen nenne oder ihr Bilder zeige, erfolgt keine Reaktion, als hätte sie nie existiert.

Neulich haben die Ärzte gesagt, dass sie keine weiteren Fortschritte mehr erwarteten, weil die Schädigung zu groß sei, und damit müssten wir uns abfinden. Evi würde niemals wieder so werden, wie sie mal war.

*

Ich schlage Evis letztes Tagebuch auf einer beliebigen Seite auf und betrachte ein Porträt von Polly, die Zeichnung nimmt fast die ganze Seite ein, über ihrem Kopf hat Evi eine Gloriole gezeichnet wie bei einer Heiligen. Es ist eine von vielen Zeichnungen in diesem Tagebuch, hauptsächlich von Polly, Evi hat sie mit Bleistift und Aquarellfarbe gemacht. Ein paar Seiten weiter liegt Polly bäuchlings auf einem Handtuch im Gras und liest ein Buch, genau wie das Bild auf der Pinnwand neben der Tür. Ich wusste gar nicht, dass Evi so gut zeichnen konnte.

Ich habe die Tagebücher in der obersten Schublade meines Schreibtischs gefunden, Evi muss sie da hineingelegt haben. Neun schwarze Moleskines, fein säuberlich in zwei Stapeln, das aktuellste rechts oben. Da schaute ein Umschlag mit meinem Namen und einem Zettel drin heraus. *Lieber Elias, ich hoffe, du verstehst es, bitte sag Mama und Papa, dass ich sie liebhabe. Fast so sehr wie dich. Alles Liebe, Evi.* Das war alles. In dieser Nacht habe ich die Tagebücher gelesen, alle in einem Rutsch. Und als ich sie durchhatte, las ich sie noch einmal, und am nächsten Morgen habe ich sie meinen Eltern gegeben. Den Zettel haben wir der Polizei zu lesen gegeben, weil die wissen wollte, ob Evi noch etwas hinterlassen hat. Die Tagebücher haben sie nicht bekommen. Die gehen sie nichts an.

Noch eine Zeichnung, wieder am Bach, es ist Nacht und Vollmond. Polly schwebt mit geschlossenen Augen über dem Wasser, sie trägt ein langes Gewand wie ein Engel, und im Hintergrund liegt die umgestürzte Eiche. Evi selbst schaut vom Ufer aus zu, und ihr läuft eine rote Träne über die Wange, es ist die einzige Farbe auf der Zeichnung. Evi hat einmal erzählt, dass jemand in einer Kirche in Italien eine Marienstatue Blut weinen sah. Und dann sind Tausende Menschen zu dieser Kirche gepilgert, um das Wunder anzuschauen; viele von ihnen behaupteten, dasselbe gesehen zu haben. Das hat sie irgendwo gelesen.

»Glaubst du das?«, fragte sie.

»Nein«, antwortete ich. Aber ich sagte, dass ich

schon glaube, dass Menschen manchmal Dinge sehen, nur, weil sie sie gern sehen möchten.

Evi schreibt, dass sie Polly festhalten möchte, sie berühren, streicheln, umarmen, küssen, es ist eine lange und traurige Liebeserklärung, und ich weiß nicht, ob Polly das so bewusst geworden ist.

»Es liegt daran, dass ich ein paar Jahre älter bin als sie. Mädchen schauen nun mal gerne zu älteren Mädchen auf, es ist ganz normal, das tun alle, ich habe das früher auch gemacht«, hatte Polly damals gesagt.

Vielleicht wusste sie es und hat es mir nie gesagt, ich habe keine Ahnung und werde es nie erfahren, und es ist sowieso egal. Arme Evi. Irgendwo steht geschrieben: »Ich darf nicht sterben, weil Elias lebt.«

Das klingt fast wie ein Vorwurf.

Ich blättere weiter. Evi verflucht ihr sogenanntes Glück, dass sie den Unfall überlebt hat. Es muss sie unendlich viel Mühe gekostet haben, sich aufzuhängen mit ihrem einen Bein. Es passt auch überhaupt nicht zu Evi, dafür ist sie eigentlich viel zu sanftmütig. Kurz zuvor hatten wir *Romeo und Julia* mit Leonardo DiCaprio und Claire Danes gesehen. Gift oder Schlaftabletten wären naheliegender gewesen.

Evi schreibt, dass sie eifersüchtig ist. Auf mich. Aber sie will nicht eifersüchtig sein, sie will sich für mich freuen. Glücklich sein, dass ich Polly gefunden habe.

*

Nennt es eine Verzweiflungstat, nennt es, wie ihr wollt, aber wir sind noch ein letztes Mal beim Bach gewesen, Evi und ich, nachts bei Vollmond. Weil ich auf ein Lebenszeichen hoffte. Denn wenn nicht hier, wo sonst, dachte ich mir, weil mir nichts Besseres einfiel. Es war unendlich mühsam, denn mit dem Rollstuhl kam man da nicht durch, und deshalb hatte ich aus ein paar Holzbrettern und mit ein paar Spanngurten einen Sitz gebastelt, den ich mir auf den Rücken schnallen konnte. Als meine Eltern nicht zu Hause waren, haben wir im Wohnzimmer geübt, es war echt ein Act, Evi da drauf zu kriegen, aber wenn sie einmal saß, ging es gut, sie kann prima stillsitzen. Jeden Tag war ich in der Garage, ich schlug und trat gegen den Boxsack, machte Liegestütze, Seilspringen und so weiter. Um kräftiger zu werden, um besser in Form zu sein, damit ich Evi leichter tragen konnte. Denn Evi ist schwer geworden, sie bewegt sich kaum noch, dabei war sie immer so dünn.

Wir gingen nachts, und ich hatte meiner Mutter vorsichtshalber eine Schlaftablette in den Tee gerührt, den ich ihr abends beim Fernsehen hingestellt hatte. Und seit Evis Unfall nimmt mein Vater sowieso jede Nacht Tabletten, ohne kommt er gar nicht mehr aus.

Gegen ein Uhr nachts habe ich Evi geweckt, ich hatte alles vorbereitet.

»Komm. Wir gehen ein Stückchen spazieren.«

Ich hatte ihr wegen der Kälte einen Skianzug gekauft. Und Handschuhe. Ich setzte Evi eine dicke

Mütze auf den Kopf und schleppte sie die Treppe hinunter, raus aus dem Haus. Das erste Stück bis zum Waldrand habe ich sie im Rollstuhl geschoben. Von da an trug ich sie im Sitz, sie fiel fast herunter, als ich sie hochheben wollte, aber sie gab keinen Ton von sich, als wüsste sie, dass sie leise sein muss. Auf halber Strecke machten wir kurz Halt, um auszuruhen. Ich schaute Evi in die Augen, in der Hoffnung noch etwas von dem Mädchen wiederzufinden, das ich von ganzem Herzen liebte. Aber alles, was ich sah, war Leere.

»Erkennst du's? Weißt du, wo wir sind?«, fragte ich, als wir die Rhododendren erreicht hatten.

Zuerst wollte sie nicht aus dem Sitz, und ich bekam sie nur mit Mühe durch den Tunnel, aber schließlich standen wir am Wasser. Evi sah sich um, gab aber kein Zeichen, dass sie irgendetwas wiedererkannte. Ich zündete die Kerzen in den Laternen an, und wir setzten uns ans Ufer. Ich fing an, ihr vom ersten Mal zu erzählen, als wir zusammen hier waren, und wie sie meinte, der Bach sähe aus wie der Zauberteich auf Opas Gemälde. Ich erzählte von den Picknicks, vom Schwimmen und dem Grab, das Polly hier gefunden hatte. Und dass wir uns damals gefragt haben, ob Cerberus ein Rottweiler oder ein Chihuahua gewesen war. Ich zeigte auf Pollys goldene Kette hoch oben im Baum, man sah, wie sie im Mondlicht blinkte. Aber das war alles nichts für Evi, sie hatte die Augen geschlossen und war eingeschlafen, sie lehnte sich an mich, und mein letztes Fünkchen Hoffnung war endgültig dahin. Und vielleicht stimmt es ja, wenn es heißt, dass bei Vollmond der Wahnsinn zuschlägt, denn als ich über das Wasser schaute, sah ich plötzlich, etwa zehn oder fünfzehn Meter von mir entfernt, einen langen silberblauen Schleier auftauchen, eine Art Nebel, ganz vage. Er drehte langsame Runden über der Wasseroberfläche, veränderte dann die Form, stand aufrecht, und ich meinte, Arme und Beine zu erkennen. Es wurde ein Körper mit einem Kopf und einem Gesicht. Polly. Wie eine kleine Elfe. Sie wirbelte herum, und ich wagte meinen Augen kaum zu trauen. Sie winkte, dass ich kommen sollte.

Ich nahm Evi auf den Arm und trug sie wie ein Baby ins Wasser. Aber als ich ein paar Schritte gegangen war, spürte ich plötzlich einen Windstoß und Polly war weg. In Nichts aufgelöst. Genau, wie Evi es mir erzählt hatte.

*

Vor zwei Wochen habe ich Gregory zur Mittagspause auf dem Schulhof gesehen. Er wollte gerade an einer Gruppe Jungs vorbeigehen, als einer von ihnen, Björn, das Bein lang machte. Gregory stolperte und fiel direkt aufs Gesicht, die Jungs lachten, und Björn gab ihm noch einen Tritt in den Magen, weil er dachte, dass niemand es bemerken würde. Aber ich habe es gesehen, und er war völlig überrascht, als ich auf ihn eindrosch, so fest ich nur konnte; er stürzte zu Boden, es ging sehr schnell, und alles wurde schwarz vor meinen Augen. Ich weiß nicht mehr genau, was noch alles passierte, aber plötzlich lag ich über ihm, und die linke Seite seines Gesichts war mit Blut verschmiert, das nur so strömte. Und ich spürte etwas in meinem Mund. Etwas Warmes, Fleischiges und Salziges. Ich ließ es im Mund kreisen, an der Zunge entlang und am Gaumen, und dann spuckte ich Björn das Ohrläppchen direkt ins Gesicht. Überall um mich herum war nur noch Geschrei und Gekreisch, aber niemand wagte einzuschreiten, keiner wagte, mich anzurühren, und ich konnte nur noch hysterisch lachen.

Ich habe eine Anzeige bekommen, ich musste zur Polizei Fragen beantworten, und ich sagte, dass ich ihm auch das andere Ohrläppchen abbeißen würde, wenn ich nur die Gelegenheit dazu bekäme.

*

Evi atmet nicht mehr. Sie ist tot. Ich habe ihr einen Spiegel vor den Mund gehalten, es ist kein Hauch mehr zu erkennen, das Kohlenmonoxid hat seinen Job getan. In Kombination mit Schlaftabletten ist das die beste Art zu sterben, hatte ich im Internet gelesen, denn man schläft ein und wacht einfach nicht wieder auf, das ist alles. Kein Schmerz, keine Komplikationen, nur Schlaf. Online hatte ich zwei Gasflaschen gekauft, es ging leichter, als ich dachte, ich habe sie im Keller aufbewahrt, wo sonst doch nie jemand hinkommt. Heute Morgen habe ich die Lüftungsschlitze in Evis Zimmer abgeklebt, und als ich ihr aus *Alice im Wunderland* vorgelesen habe, habe ich ihr zwei Schlaftabletten in den Minztee gerührt, genau wie ich es auch bei meiner Mutter getan hatte.

Ich gehe in mein Zimmer zurück, setze mich, mit einem Kissen im Rücken an der Wand, aufs Bett und rauche die letzte Zigarette aus dem Päckchen. Ich blase einen Kringel, und einen zweiten durch den ersten, Polly wäre stolz auf mich gewesen, sie hätte mir bestimmt ein High Five gegeben. Ich betrachte Evis Zeichnung an der Wand, die Zeichnung der beiden Delfine unter dem Regenbogen, dann stehe ich auf, nehme meine Takamine und spiele ein Stück von *Lonesome Road Blues*. Ganz leise, die lang gezogenen Töne, das schlagende Herz, das nie aufhört. Bis es aufhört. Gestern habe ich einen Abschiedsbrief geschrieben, ich wusste nicht recht, was ich schreiben sollte, meine Eltern sind immer gut zu uns gewesen, aber manchmal laufen die Dinge anders, als man es sich wünscht. Ich hole die Glock 21 unter meiner Matratze hervor und gehe aus dem Zimmer, schaue schnell noch nach meinen Eltern und ziehe die Tür wieder zu. Ich lege den Umschlag auf den Boden.

Ich gehe in Evis Zimmer. Meine Schwester, so schön und so lieb.

Ich krieche unter die Decke, schmiege mich an sie, ich schlage meinen Arm um sie, sie fühlt sich noch warm an.

Es hätte alles anders laufen müssen.

Denn junge Menschen sollten nicht sterben.

Und schon gar nicht so.

Aber es ist, als ob alles zusammenpasst.

Auf einmal.

Die Glock 21 an meiner Schläfe.

Und das war's dann.

Der Autor

Oliver Reps zog im Alter von sechs Jahren mit seinen Eltern und zwei Geschwistern von Köln in die Niederlande. Nach einem Studium der Betriebswirtschaft arbeitete er zunächst viele Jahre für das Holländische Verkehrsministerium, die Stadt Amsterdam und als Consultant. In Amsterdam, wo er auch heute noch mit seiner Familie und zwei Kindern lebt, gründete er 2010 die Kinderbuchhandlung Casperle, deren Mitinhaber er ist.

»Der Tag, der nie kommt« ist sein Debüt, mit dem er auf Anhieb den Niederländischen Jugendliteraturpreis gewann.

Woran hältst du dich fest, wenn deine Welt zusammenbricht?

Und du selbst deine größte Feindin bist?

Paige ist sechzehn und leidenschaftliche Musikerin. Nach einem mysteriösen Autounfall liegt ihre beste Freundin Robyn im Koma. Als wäre dies nicht genug, muss Paige nach New York umziehen, wo neue Begegnungen, der Duft von Zimt und noch mehr Geheimnisse auf sie warten. Komplizierte Gefühle und weitere unvorhergesehene Ereignisse verwandeln ihr Leben endgültig in eine Achterbahnfahrt.

Briefe, Songtexte und Paiges innere Stimme machen die turbulente Story zum extravaganten Kopfkino – Soundtrack inklusive.

eXtRaVaGant Mond oder Sonne stellt die großen Fragen nach Gut und Böse, wahrer Freundschaft und Selbstbestimmung. Leona Efuna sucht den Menschen hinter der Fassade. Ohne erhobenen Zeigefinger und schonungslos ehrlich themati-siert sie schwierige Themen wie Essstörung, Depression, Verlust und toxische Beziehungen, aber auch Hoffnung, Überraschung, erste Liebe und zweite Chancen.

Leseprobe

Für Generation Z

[00]
Lieblingsmensch

Alles auf Anfang.

Ich habe keine Lust auf die tausend Raketen am Himmel, wenn das Silvesterfeuerwerk heute Abend über Boston stattfindet. Diese Lichter bringen mich dazu, an sie und den Horror der letzten Tage zu denken.

Mein Leben kann man sich vorstellen wie ein Dominospiel. Eine Reihe düsterer Ereignisse, die unmittelbar hintereinanderstehen. Kommt eines davon in Schwung, bricht alles in sich zusammen. Dominoreaktion.

♫

Alles hat mit diesem Typen angefangen.

Nein, nicht mit meinem Typen. Es war ihr Typ. Sie ist intelligent, humorvoll, das schönste Mädchen, das ich kenne, meine beste Freundin und mein Lieblingsmensch. Robyn ist ihr selbst gewählter Vorname.

Robyn.
Die, die nicht den Mund hält, wenn jemand etwas sagt, das ihr nicht passt.

☾

Die, die sich im Matheunterricht die Nägel feilt und aus dem Fenster den Zwölftklässlern auf den Kopf spuckt, wenn sie über die Mädchen lästern, mit denen sie gestern noch hinter der Schule rumgeknutscht haben.
Die, die sich jeden Morgen auf dem Mädchenklo sieben Zigaretten dreht, während wir zusammen russische Rapper imitieren und ganze Memecompilations nachspielen.
Die, die sich im Französischunterricht selber Ohrlöcher sticht, weil ihr gerade danach ist.
Die, die während Klassenarbeiten die ganze Formelsammlung unter ihrem Minirock auf den Oberschenkeln stehen hat.
Die, wegen der jedem Typen die Kinnlade runterklappt, wenn sie lächelt.
Die, die souverän und für alle anderen verwirrend ihren Style ändern kann, ohne je in eine Schublade zu passen.
Weil sie Robyn ist.
Die, die auf Partys zwar nie mit den coolen Kids chillt, aber trotzdem immer wieder von ihnen eingeladen wird, damit Jungs aus den höheren Stufen auch kommen.
Mädchen, Jungs – Robyn hätte alle haben können.

Und dann erzählte sie mir blind vor Liebe von ihm. Das war sonst eigentlich gar nicht ihre Art. Das Blind-vor-Liebe-Sein, meine ich. Sonst war sie immer durchschauend, hat die Typen nach ein paar Wochen gekonnt abserviert. Sie servierte jeden ab. Wäre ich ein ehrlicher und kein gefühlsbedachter Mensch, würde ich sagen, Robyn war eine Herzensbrecherin, die zu ihren Gunsten mit den Gefühlen anderer spielte. Aber sie stellte es verdammt gut an. Normalerweise.

☼

Steven. Das war der Name, den sie seit einiger Zeit öfter in den Mund nahm als die Planung unserer nächsten Auftritte. Sie zeigte mir Fotos von ihm und ihr, erzählte, wie sie ihn in der Bahn ansprach und er dann total süß nach ihrer Nummer fragte. Das war am ersten November, am zehnten waren sie ein Paar. Sie stellte ihn mir vor, er war wirklich süß, sie passten perfekt zusammen. Robyn ist eher ein extravaganter, flippiger Typ. Ihre von Natur aus hellblonden Haare haben bestimmt schon alle Farben dieser Welt gesehen.
Im November waren sie zu einem kinnlangen Bob geschnitten und kaugummirosa. Den ganzen Monat lief sie mit einer riesigen glitzernden silbernen Haarspange darin herum.

Im Gegensatz zu Robyn trägt Steven einen Nullachtfünfzehn-Haarschnitt und Mainstreamklamotten. Wie Robyn hat er blonde Haare und blaue Augen, nur vom Typ etwas dunkler. Er wirkte insgesamt weniger naiv als Robyn.
Nicht, dass sie das war, das sagte nur ihr äußeres Erscheinungsbild über sie aus.
Ich denke heute sogar, das war ihre Masche, um von anderen unterschätzt zu werden.

Er und Robyn waren sofort das Traumpärchen an unserer Highschool. So ziemlich jeder himmelte die beiden an.
Steven war eine Klasse unter uns und im Basketballteam. Ab diesem ersten November schleppte Robyn mich jeden Samstag und Sonntag zu den Spielen und danach zu den Partys mit.

♫

Leona Efuna

eXtRaVaGant
Mond oder Sonne

€ 17,00 (D) / € 17,50 (A)
ISBN 978-3-96185-717-3

»Jungautorin mit eigenem Soundtrack … Klingt nach einer romantischen Teenie-Geschichte, ist aber ein beeindruckend dichtes Kompendium aus vielen Themen und literarischen Genres. Es geht ums Erwachsenwerden, um Freundschaft, komplizierte familiäre Konstellationen, Mobbing, Essstörungen, ein grausames Verbrechen – und ganz viel um Musik.«

Ina Hochreuther, Stuttgarter Zeitung

@extravagantsaga